李诞 著

笑场

湖南文艺出版社
HUNAN LITERATURE AND ART PUBLISHING HOUSE

博集天卷
CS-BOOKY

未曾開言我先笑場

笑場完了聽我訴一訴衷腸

目录 / Contents

序 / 001

扯经

扯经 —

存钱罐儿 —

何首乌 —

遗寺大雨 —

砸杯断指 —

069 058 048 043 002

奇趣

爸，世界末日了—

这首悲伤的智利民歌一直没有停—

电影《搭车》剧本—

两个乘客—

买牛奶—

画家阿修—

103 098 092 086 081 076

今早九点半那班公交车上被非礼的女白领－ 106

死神仙－ 108

留下过夜－ 114

大魔师小李－ 118

预言家－ 125

像所有村子一样－ 128

困兽 —

我们说了沉默就沉默到底 —

大便传说 —

杀人的不是吕宋 —

装宽带的人 —

幸好这世上并不存在圣诞老人 —

158 156 148 142 136 132

女神 —

夜游症 —

割腕起源考 —

小丹他奶奶 —

疑似红梅软文 —

狗镇 —

174 172 169 165 163 161

赐予者 —

秘密 —

开锁 —

生日快乐 —

这世上所有宝藏在你的卧室发光 —

我的大爷王大爷 —

感冒药 —

206 196 192 187 184 181 177

卖灯婆 —

葬礼上的魔术师 —

电梯事故 —

宇宙大王的葬礼 —

您好，您认识陈奕名吗 —

不忠 —

荒谬之神与我相遇的夜晚 —

236 228 225 220 216 211 209

想法

可是我不想去罗马—

都是草哇—

局促—

就像可以不收看《中国好声音》一样—

他不是韩国唯一会讲英语的司机—

青蛙又做错了什么—

为使轻松成真—

我并不尊重水、风、流星—

269 265 260 256 252 249 244 240

缓一缓

青年，交个朋友 —

如何成为一个无情的人 —

天有不得不亮的理由 —

听到咒语之时 —

我不是局内人 —

我不喜欢春天 —

287 285 282 280 277 274

我不喜欢夏天—

我知道了—

在早年间—

在最晚一班飞机上—

这正是九月开始的方式—

只有一次—

299 297 296 295 293 290

我写得不太好。

也没有梦想，写了就写了，不写就不写了，我不是那种这辈子非要做成什么事儿的人。

基本上什么事儿我都不想做，但做的话会认真，这本书也是认真写的。

写的时候没有迎合谁的口味、哪儿的地气，只是向着我所理解的"好"努力，至于你觉得好不好，我就不知道了。

可能你会觉得好看，想看就看看，也许并不会后悔。

《扯经》是我很早之前就开始写的故事，在网上流传过一阵子，被人叫作"某未被少林吞并的小寺的爆笑师徒对话"之类的名字。我还是愿意叫它《扯经》。

这系列故事对我来说意义重大，人生轨迹因它转变，我心中一直感念这份机缘。

书里还有些别的故事，题材相去甚远，风格还算统一，说黑色也好，幽默也好。

有人喜欢看《扯经》，觉得篇篇好，催我出书，我个人反倒更看重后面这些故事，有些我自己知道很差，但写的时候实在开心，就顾不了你们怎么想了。

我一直以来是个沮丧的人，认为人生没有丝毫意义，梦幻泡影。

近来因机缘获得一点儿开悟，找到了活下去的理由——人生确实没有意义，但人生有美。

梦幻泡影嘛，本来就是美的。

在写作过程中，我收获了"美"，对我来说已经很好。

现在希望这本没有意义的书也能带给你一点点"美"的感受，那样就更好了。

如果未能成功，希望你也别太介意。

介意我也没有什么办法。

书名取自我以前说的一句话："未曾开言我先笑场，笑场完了听我诉一诉衷肠。"

听吧。

扯经

《扯经》断断续续写了四五年，

其间风格、观念都有转变，

照录如下，喜欢笑的笑，喜欢哭的哭。

不喜欢的可以不看。

扯经

"师傅，一切如梦幻泡影，可在梦里我还有哭有笑，甚至还有了一头长发，梦幻泡影虽易逝，也比这循环往复的无聊强太多了。"

"你睡醒了再跟我说话。"

如是我闻：须菩提庆生，佛告曰，此是一世，前有无穷世，后有无穷世，所谓生日只是来日，所谓死日只是去日，来去如烟，何必庆祝？你就别跟我要蛋糕了，乖，Happy birthday to you。须菩提白佛言：Are you kidding me？

"师傅，你知道我在想什么吗？"

"昨天那个女施主。"

"你怎么知道？"

"我也在想。"

"那你怎么睡得着？"

"那是大方丈的外甥女，想也白想。"

"师傅，想必我在庙里待不久了，我怕我控制不住自己。"

"还想她呢？"

"嗯。"

"那就别控制了，为师传你一套迷魂经。"

"你怎么不用？"

"此经一生一念，一念一缘，我已经断了尘缘了。"

"我 ×，那我还是等等看还有没有更合适的吧。"

"×，没用，都会腻的。"

"小和尚，听说你喜欢我？"

"不好说喜欢，只是看见你会乱。"

"听说你还想娶我？"

"不好说想娶，只是想永远和你在一起。"

"油嘴滑舌，你丫天秤座的吧？"

"阿弥陀佛，心直口快，女施主别不是天蝎座的吧？咱俩正合。"

"合你大爷，你们佛门弟子还信这个？"

"师傅，为什么咱早上要敲钟啊？"

"因为我们没养鸡。"

"师傅，你什么时候教我武功？"

"佛门中人，慈悲为怀。大方丈有令，我们这种清净小庙，不可学别人喊打喊杀。为师传你诸般经义，读懂念通，内心强大，见着那些花拳绣腿的，舌灿莲花，灭他们跟玩儿似的。"

"师傅，我懂了，知识就是力量。"

"咦？你怎么肿成了这个样子？又去调戏小北了？"

"不是，隔壁大庙的人打的。"

"为什么？"

"我跟他们舌灿莲花来着。"

"唉，我说什么你都信，真可爱。"

"师傅，今天晚上我能不住庙里吗？"

"别装了，出去冻一夜回来和师兄弟们吹牛 × 的事儿我也干过，想开点儿吧，色即是空。"

"师傅，和尚有自杀的吗？"

"有，但各寺都封锁消息。佛门已是逃避现世之地，你来了还死，传出去这不显得我们不专业吗？此世不乐，来世就乐吗？这些人真痴。"

"那来世就一定不乐吗？"

"嗬，跟我抬杠？那你死去吧。"

"你看你，辩经嘛，小心眼儿。"

"为师现赐你法号澈丹，取清清澈澈、圆润如丹之意。"

"师傅，我又怎么招你了……"

"你知足吧，你师兄宪丹都没说啥。"

"师傅，你法名为什么叫空舟？"

"大方丈说我度不了人，也难自度，所以赐名空舟，由我自横。"

"那我还跟着你干吗……"

"你执念太重，跟着谁也到不了彼岸，不如索性和我负负得正。"

"为什么啊？"

"你看，你总问为什么。"

"师傅，其实我应该叫你师父才对吧？"

"没事儿，输入法怎么默认的就怎么叫吧，随缘。"

"师父，你师父是谁？"

"大方丈。"

"他的呢？"

"他师父就是咱庙的创始人，据说当年是混的，后来路上捡了本儿经，就拉了一票弟兄，占山为王，广结善缘，干起了这普度众生的勾当。"

"咱庙还有这背景？"

"不然你以为为什么我们还没被大寺吞并？"

"师父，人家别的寺都叫方丈，为什么咱们得叫大方丈？"

"这不显得咱大气吗？"

"那我以后就管你叫大师父吧？"

"嘀，你在这儿等着我呢！"

都看得很明白，都活得很不明白——空舟禅师与诸君共勉。

"师父，咱庙为什么叫遗寺啊？"

"说来话长。本来叫义寺，就大方丈那黑社会师父取的，后来他死了，大方丈说这名儿太不禅了，就叫了疑寺。结果那年起了瘟疫，正该是香火旺的时候，结果百姓都不来咱庙，就改成遗寺了。还有人提议叫逸寺，让大方丈否了，他说，蒙谁啊，你真那么逸还出什么家？"

"师父。"

"嗯？"

"你为什么让我给小北念迷魂经？"

"反正你也追不上人家，死经当活经念呗。万一成功了，证了这经，那得造福多少比丘啊，你这可是大功德。"

"师父，要不是打不过你，我就跟你拼了。"

"师父，那什么是科学？"

"这孩子，我要懂我还跟这儿待着？闹什么闹？不过据说大方丈是懂的，他说，科学就是一花一世界，就是无限的轮回无限的远，就是谁也说不清楚的东西。咱们还是别想这个了，省得一不小心再真给顿悟了。"

"师父，好大风雨。"

"澈丹，少做感慨。"

"师父，澈丹公然追求大方丈的外甥女，枉顾清规戒律，破坏寺内安定团结，请师父予以管教。"

"行了吧，看你们这没出息的样儿，还学会给人扣大帽子了？还学会正义凛然了？还有没有一点儿出家人的样子！"

"澈丹，和师兄弟们打架了？"

"是。"

"所为何事？"

"他们说我不应该追小北，其实他们是嫉妒。"

"嗯，既已看破是嫉妒，又何必跟他们争呢？"

"我没争，他们争。"

"唉，力的作用是相互的，你真的没争吗？你还是执念太重啊。算了，来，为师传你一套女子防身术，省得你老吃亏。"

"师父，我从小就在庙里，我的亲爹亲娘呢？"

"你怎么问这么俗套的问题？难道为师要告诉你我其实就是你爹吗？"

"师父，咱们出家人，可不许玩儿伦理哏。"

"你还跟我玩儿八点档狗血剧呢。"

"师父，你说大方丈知道我和小北的事儿吗？"

"大方丈什么不知道？"

"那他怎么不管？难道他看我还行？"

"别臭美了，大方丈那是对自己外甥女有信心。"

"师父，寺里好安静啊。"

"那你还说什么话。"

"师父，我心里乱。"

"去墙根蹭蹭去，没看我这儿入定呢吗？别烦我。"

"师父，你干吗要入定？"

"我心里乱。"

"空舟！你那徒弟，叫什么澈丹的，怎么老不见影儿？是不是出去云游了？怎么也不跟我姨夫请假！好放肆！"

"哈哈哈，小北，你动凡心了。"

"师父，你说，我和小北，我是不是自作多情？"

"自作虽苦，但看你这个贱兮兮很享受的样子，多情想必是快乐的，你还抱怨什么？"

"别跟我打哈哈，我知道今天小北来找过我，她说什么了？"

"别问，万一不是好话呢？"

"小北，我觉得隔壁大寺的素菜做得还不错啊，我请你去吃好吗？"

"不吃，就爱吃肉。"

"小北，我觉得十里坡那个戏班子的青衣唱得还可以，我请你去听好吗？"

"不听，没我嗓子好。"

"小北，你生我气了？"

"不生……哎？生！"

"完了，小北，我们有分歧了，肯定是我错了，我决定听你的！"

"真的？"

"真的。"

"那我可唱了。"

"……"

"小北，你唱得真好，能教教我吗？"

"得了吧，你念经都跑调。"

"澈丹啊，念经只是基本功，做好和尚还得会解签、驱妖、看风水、做慈善和心理辅导，悲天悯人，笑口常开。佛法无涯，你慢慢学吧。"

"师父，做和尚好难，要不咱们出家吧？"

"这诸般经义，确实是安身立命之技，练到能随口占偈，指点迷津也就行了。但我就怕你动机太纯，一心执念，将来小北转身一走，水打漂萍，你别真的陷进经里，那就神佛难救了。"

"没事儿，小北走我就跟着呗。"

"得，这就已经没救了。"

"师父，这次中原辩经大会咱庙派你去的吧？"

"不是，当然是派你空响师叔。"

"他？他念经还不如我呢吧？"

"但他嗓门儿大啊，大会上好几百个和尚，辩到最后，还能喊出来不破音儿的就算胜利。"

"师父，我能跟着去吗？"

"想见见世面？"

"嗯。"

"算了吧，年年辩经大会都得打伤几个和尚，庙里今年派你空手道，啊不，空道师叔陪同保护。嗐，上回要不是有人不要脸竟然带了家伙去，咱庙去年就是第一了，他们哪儿是空道的对手？"

"咱庙得过第一吗？"

"建寺第一年，大方丈的师父为了闯名头想个狠招，辩经当天故意迟到，待群僧辩至酣处，一脚踢碎大门，注意，是踢碎，立在大厅就喊了一句：大音希声。那帮和尚都傻了，没傻的看着那一地木头渣儿也都装傻了，第一就是咱的了。"

"这招儿好，再用啊。"

"别提了，后来确实有人模仿，同样的动作，喊完正等鼓掌呢，那评委老和尚气得哆哆嗦嗦地骂：'你们这行为艺术还有完没了？踢坏门不赔也就算了，还老拿《道德经》里的词儿冒充佛法，以后我们还能跟道士见面儿吗！给我滚出去！'"

"哈哈哈，这倒霉蛋是谁啊？"

"咱们大方丈。"

"大方丈还干过这事儿？"

"谁没年轻过啊，回来痛定思痛，觉得脚疼不如嗓子疼，辩经还得拼硬功夫，就苦练声乐了。你空响师叔就是那会儿进的庙，学的就是这本事。"

"那大方丈后来还去辩过经吗？"

"去过几次再也不去了，自从小北来了，就成了现在这副大彻大悟的样子，还给自己改了法名，叫南无，翻译过来好像就是皈依的意思。"

"那大方丈以前叫什么？"

"南子，他那黑社会师父给起的，说是听着霸气。后来大方丈才知道他看过《论语》，起这名儿其实是糟践大方丈长得不够霸气。"

"哈哈哈，就怕流氓有文化。"

"师父，我怎么每次午觉醒来都觉着头沉啊？"

"你执念太重。"

"那怎么办啊？"

"……以后就别午睡了吧。"

"师父，空响师叔回来了？怎么没见空道师叔？"

"空响连辩三天三夜，直至群僧哑口无言，就听他一人喊了，当然第一。但是其他辩手不服气，哑着嗓子指你空道师叔的头发，意思是留发的不是佛门弟子，一大厅的哑巴和尚都盯着空道呜呜喊，空道顾全大局，当场剃度。回来就一直躲屋里哭，不见人。"

"对啊，空道师叔为什么能留头发？"

"说来话长，空道是从日本偷渡来我中原求佛法的，结果这个笨蛋还赶时髦信儒家，身体发肤不损，这不倒霉催的吗，哪个庙都不要他。大方丈看他一身武艺，性情朴质，就留下了，顺便学日语。"

"大方丈还会日语？"

"哈依。"

"不行了，你空道师叔是咽不下这口气了，为师得跟他去走一趟。"

"好！讨回公道！"

"小点儿声，喊什么？讨什么公道？哪儿来那么多公道？佛门中人，不可争强好胜，能不声不响地给那个输了不服气的孙子来一闷棍就好。"

"师父，你怎么出关了？悟道了吗？"

"没有。"

"那你怎么六天就出关了，不是要闭关七日吗？"

"六天不悟，七天就能悟吗？"

小北，今天天气晴好，但过一会儿可能会下雨，我现在在想你，但过一会儿可能更想。我师父说，世上其实并没有比天气更难测的东西。我觉得他说得对，他总是说得对，小北，不管下不下雨，过一会儿我都会更想你。

"师父，刚才那洋人来干吗的？"

"来传教的。"

"怎么不让人家进来啊?"

"你 can speak English 吗?为师也就是勉强能听懂,大方丈倒是会说,但是这些传教士都一根筋,你大方丈懒得费工夫开悟他,打他又不合适,就撺走了。"

"不是一根筋吗?怎么能撺走?"

"大方丈说,我中原大乘正宗佛法皆出自隔壁大寺,隔壁大寺如若改信耶稣,我等小庙没有不信之理。那洋人一听有道理,就去隔壁大寺了。"

"大方丈这是借刀杀人吗?"

"哟,你还看上兵法了?心里明白就得了。"

"空舟!你们遗寺太过分了,这传教的打也打不得,劝又劝不走,弄我们寺来让我们如何是好?"

"阿弥陀佛,吵吵什么,你们不是爱接待外宾吗?拿出中原第一大寺的排场来,好生款待他,说不准哪天被感化了,就回西洋替我们传佛法了。"

"师父,今日山上好大的雾啊,望不出去。"

"没雾你就能望出去吗?瞎望什么,留神脚下。"

"师父,昨夜雷声好大啊。"

"嗯,也不光是雷,你空响师叔跟丫对着喊来着。"

"喊什么啊?"

"你小点儿声!你小点儿声!"

"大概就这句吧。"

"后来雨停了，雷歇了，你空响师叔就笑了，说了句'阿弥陀佛都服，你不服？'欧耶了一下，就睡了。"

"我说他今儿怎么看谁都笑，得意扬扬的。"

"那是嗓子喊哑了，要不早显摆上了。"

"澈丹啊，你这心里老挂着小北，已成执迷不悟之势，长此以往，怕是影响修行。"

"那怎么办啊？"

"你还是得找小北求解脱。"

"……我要这么求，她非打死我。"

"师父，空言道何以弘道？我得跟空道师叔学学空手道。"

"嗯，这上联儿不错，你自己能对出下联儿来我就让你去学。"

"×！"

"×什么×，你空道师叔倾心儒学，虽是武艺超群，但一身文人毛病，就爱对个对子，你早晚都得学。"

"佛理实相中，本来一切空，无生无死无去无来，哪有个相对？师父，你竟然让我学这等有悖佛理的小技。"

"哪儿那么多废话，让你学你就学，过年写写春联也能挣点儿零花钱。"

"师父，空道师叔怎么也不留长发了？"

"天太热。"

"小北，你找我？"

"嗯，我们……我们在一起吧！"

"……你又跟人打赌输了吧？"

"澈丹，怎么又和你宪丹师兄打架了？"

"师父，那不是打架，是切磋。"

"打不过就说切磋，嗯，你这功夫没白学。"

"师父，空道师叔那迂夫子的样儿，肯定不会教我日本脏话。"

"你这样，趁他不注意抽他一下，记住他说的第一个词。"

啪！

"×！你打为师干吗！"

"我试试效果。"

"师父，你看这云舒云卷，刚刚还是半明半白，忽然就黑得遮天蔽日了。唉，佛法非法，有常无常，佛祖都是如来，不能如去，师父，就算是你，也不能知道未来是何形状吧？"

"你要再不赶紧去帮小北收衣服，为师确实不知道你会被打成什么形状。"

"澈丹，你到底为什么喜欢我？你要敢说喜欢一个人不需要理由，我就抽你。"

"小北，你看你，找什么借口，抽一个人难道就需要理由吗？用我师父的话说，这因果循环，报应不爽，都是事后总结的，当下心意起，想爱就爱了，想抽就……"啪！

"嗯，你懂了。"

"师父，今天外面来的那和尚跟你嚷嚷什么呢？"

"他问我们遗寺怎么能取消了坐禅。"

"坐即非坐，禅即非禅，禅怎么能坐出来？坐出禅来又怎么样？师父，你是用这套胡搅蛮缠收拾他的吗？"

"没，我就问他痔疮好点儿了没有。"

"澈丹，我想要个钻戒。"

"小北，等等吧，等我再修行两年，你把我烧了，舍利子比钻戒值钱。"

"小北，我给你写信了。"

"你有话不能直接说吗？"

"我怕你听不懂。"

"那我就能看懂？"

"看不懂我再给你讲呗。"

"师父，你说说这世道……"

"不说。"

"师父，我晚上还是睡不着，还是想小北，也想些其他有的没的的事，不停喝水不停上厕所，折腾折腾天就亮了。"

"为师昨晚也没睡着，听见你的响动了。不过我夜观星象，总觉得你是吃咸了，和小北关系不大。"

"师父，那些来算姻缘的人，既然想要在一起，还算什么算？要是姻缘不和真就散了？"

"嗯，所以啊，为师每次为了给他们算出姻缘都要引经据典，一算再算，算出来为止。"

"师父你真是积德行善。"

"也不是，有时候为了回头客也往没了算。"

"小北，师父教我很多法门，大都太难，我只学会了掐指一算，掐你的指一算，一算再算，愣算也要算出一段姻缘。"

"师父，这么晚不睡，在这里叹什么气？"

"为师夜观星象，紫微冲北斗，白虎坐宫，东南角又斜刺出一道红光，想必……"

"想必怎样啊？"

"想必，为师是饿了，你也饿了吧？"

"师父，那些当官的干吗老组团去隔壁大寺啊？"

"说是去学打机锋的，他们比咱们用得着。当然也有求平安的。"

"澈丹，天冷了，看着点儿咱寺那些老和尚。"

"这点儿温度，还能冻死吗？"

"冻倒是冻不死，但他们经念得太多，有些执。去年一个师叔祖，在院子里念了半夜经，忽然觉得冷，就坐到柴火垛上喊，天冷若此，唯有自焚取暖吧。"

"……他就这么圆寂了？"

"没，大方丈骂了一句傻×，罚他烧一年的锅炉。"

　

阿弥陀佛，众妙皆备，诸位善男子善女子来我遗寺施舍，无论求财求缘求平安，我佛慈悲，一定……都可以商量，敬请诸善男子善女子摩肩接踵守秩序，如果实在不想守秩序，请到西厢房办理会员卡。——遗寺宣

　

"师父，原来今天隔壁大寺有演出，海报那么老大字：百闻一见七十二绝技，秘不示人十八铜人阵。"

"效果好吗？"

"别提了，表演七十二绝技的老和尚数学不好，边练边数，没一会儿就走火入魔了，非说自己是孙悟空，奔着西边儿就去了。"

"十八铜人阵呢？"

"天降大雨，全掉色儿了，你想去吧，可壮观了。"

"嗯，为师早跟他们说要相信科学，按时收看天气……"

"别骗我了师父，我可听说这雨是我空巫师叔求的……"

"祈雨抗旱造福一方，还顺便揭露了劣质染料的危害，我佛慈悲不图虚名，你切莫声张出去。"

"师父……"

"澈丹，来，给为师念一段儿《法华经》。"

"师父……"

"再说就让你默写。"

"师父，清早听到一阵爆竹响。"

"山下有人结婚。"

"结婚为什么要放爆竹啊？"

"想必是给自己壮胆儿吧。"

"师父，空响师叔是天生大嗓门儿吗？"

"不是，是机缘。空响刚来咱庙那会儿，一天半夜才回来，大方丈亲自去接他，为了表示友好，化妆成女鬼从天而降。空响师叔惊天一吼，一山的鸟都飞了，走兽都散了，就练成了。"

"空响师叔全力一吼是什么样啊？"

"鸟飞绝，走兽散，耗子打洞，狗撞墙。"

"怎么说得我空响师叔跟狮子王似的……"

"澈丹，你感冒好些了吗？还打喷嚏吗？"

"还没好利索呢，小北你可真关……"

"那你就别离我这么近。"

"……"

"师父，我们是不是不够淡泊啊？"

"是。"

"你回答得还真痛快……"

"因为上次你大方丈问我，我们遗寺要不要淡泊一些，我犹豫了一下，就被罚了一个月的工资。"

"师父，可我觉得淡泊名利很酷啊。"
"你这是吃饱了。"

"师父，又下雨了，哗啦啦响成一片，反而好静啊，心里也静。"
"嗯，这种天气，尘世镇定，容易让人忘记世间疾苦，但也容易自寻烦恼。"
"是啊，比如我就会特别想小北……"
"嗯，比如为师关节就会特别疼。"

"小北，天气晴朗，你比天气还晴朗，你走过来，简直一叶障目，简直遮天蔽日，简直是我目力所及的一切风景。"
"……你丫这是拐着弯儿说我胖吗？"
"……不是啊……别……别打啊……"

"师父，落叶了，秋天了。"
"说反了。"

"师父，今夕何夕？"
"澈丹，这是一个感叹句，下次别用疑问语气了。今夕十月初二，立冬了，快睡吧。"

"师父，'我不入地狱，谁入地狱'是什么意思？"

"和小北认识了这么久，你还没有体会吗？"

"澈丹，你这是又跟人打架了吗？"

"不是，师父，我觉得，空道师叔既然教了我功夫，我就要用，对吧？"

"不一定对，你接着说。"

"佛门弟子，慈悲为怀，看见两只狗残忍地互相撕咬，我就应该挺身而出，制止暴力，这个对吧？"

"这个可能对，但显然狗不是这么认为的。"

"我觉得你不可能慈悲到这个程度，也不太可能自信到这个程度，老实说吧，当时是跟着小北吧？"

"是……"

"是想显摆一下习武成果吧？"

"是……她还给我加油来着……"

"你确定是给你吗？"

"小北，我要去参加辩经大会了，给点儿精神上的鼓励吧！"

"一个内部比赛瞎激动什么，再说我也不会精神上的鼓励，就会肉体的。"

"……小北……你……怎么突然对我这么好……"

"想什么美事儿呢，我的意思是，你要是输了，我就抽死你。"

小北，我师父说，自然现象就是那些我们能科学解释，但不能科学对待的现象，比如我们竟然会就着月光吟诗，竟然会对着大风歌唱；比如我们虽然感觉不到自转公转，可竟然会准时对着月份、季节和又是一年心神晃荡。小北，十二月了，还没有下雪，今年就要过去了。

"师父，我这两日内心浮躁，忍不了蠢言蠢语，听见了总想上去抽他们……怎么办？"

"那就别忍了呗，抽丫的。打得过固然心情舒畅，即便打不过也是有好处的，你被揍上几次，心里肯定就宽容多了。"

"师父，我有一事不明，为什么天一冷就轮到我扫院子？"

"这说明为师夜观星象的水平进步了……你瞪我干吗？冷静点儿嘛。"

"师父，这么多年，你真是一点儿没变……"

"师父，我昨天要是不冲凉水澡就好了，那样今天就不会感冒了，然后明天就能和小北去看戏了……"

"想这些干吗？这正是，过去心不可得，现在心不可得，未来心不可得。"

"那什么心可得？"

"你好好总结一下这次的经验教训，自己说。"

"……小心。"

"空舟禅师，我这两天情绪特别不好，说不上来是为什么，看谁都不顺眼，看哪儿都不舒服，您开导开导我？"

"你这是无明业火，开导是不管用了，我给你开个光吧。"

"师父，今日天气大坏，阴冷，下的雨比雪还冷，心情也大坏，也没有见到小北，忽然生出点儿绝望的感觉，冻得哆哆嗦嗦的，想要大哭一场。"
"好了好了，就好像你以前没绝望过一样。"

天冷加衣，多吃新鲜水果，多睡觉，穿宽松内衣，少自言自语，多与人交谈，逢雨雪天气注意躲避，见愁眉不展者注意躲避，闻空灵诵经声注意躲避。全寺上下吸取历年经验教训，降低冬季忧郁症的发病率。——遗寺宣

"师父，夜深人静，观自在，往里看，能不能见本心？"
"夜深人静，你不静。"
"为什么？"
"你要是静，你就不说梦话了。"

"师父，你肯定又说，一元不能复始，万象从未更新，新年也没什么好庆祝的，只是个人定的日子，但我还是祝你新年快乐啊……"
"且不说你把为师揣测得这么神经病有没有道理吧，这个时候你还不去陪小北跨年，跟我这儿新年快乐，你肯定是够呛了……"

"师父，我觉得小北其实应该是喜欢我的……"
"哈哈哈。"

"你笑什么……"

"你问什么？"

"小北。"

"哎。"

"小北。"

"哎！"

"小北。"

"干吗？"

"我这样喊你几次，就觉得要哭出来了。"

小北，路上好大风雪，车灯照不出五米，五米里也全是杀气腾腾的雪花乱撞，让人生疑后面是不是有掩杀过来的军马。小北，你若在，会不会同我一道极目远眺，抵近视击，逼退五米。我想你。

"师父，有句话不知道当讲不当讲……"

"不当讲。"

"……"

小北，我觉得我对世界缺少热爱，总是不太高兴，见到风和日丽不高兴、高山流水不高兴、推杯换盏不高兴、读万卷书不高兴、行万里路不高兴，我见到大部分人也不高兴，我问师父我是不是出了什么问题，我师父让我来找你，可是你也不高兴。可是我师父是对的。

小北，我想你，没有特别的花样，可说出来就显得悲壮。

"师父，我佛说普度众生，可有那恶人贼子作奸犯科，放下了屠刀，就真许他立地成佛吗？"

"×，还敢大张旗鼓地成佛啊，嘚瑟不够他了吗？放下屠刀就说明栽了，官府要抓，仇家要杀，还他妈成佛？捡条命就乖乖藏好吧。"

"师父，那大方丈作为前帮派人士，怎么不乖乖藏好，还大张旗鼓地办寺庙啊？"

"大方丈放下屠刀了吗？"

"嗯……大方丈放下没放下我不知道，反正小北肯定是没放下……"

小北，他们有好多关于爱的道理。我有你。

小北，我咳嗽的时候，呕吐的时候，被鱼刺卡着的时候，有点儿难过的时候，你都要拍拍我的背，力度稍有不同，但都没什么用，是吧？但你总要做点儿什么，是吧？

"师父，持续性心烦啊，不行了，你跟我说会儿话吧。"

"你的意思其实是，让我听你说会儿话吧？"

"嗯……怕这么说你又跟我收费……"

"不用找我，去坐钟里自个儿喊去，回音就能把你劝好了。"

"师父，小北说我再这么打不起精神她就不理我了，怎么办？我实在不知道从哪儿做起啊。"

"唉，教你几招儿啊：不分场合地做扩胸运动；喝完水'哈'一声；手搭凉棚看太阳，多晃眼都看，愣看，边看边笑。"

"这样就能阳光一点儿啊？"

"不是，这样就能看起来阳光一点儿。"

"师父，我见到好多施主往佛像前扔钱，往水池里扔钱，往石龟石龙身上扔钱，他们却不给道旁乞丐钱。"

"你给了吗？"

"只给了一个残疾老伯。"

"为什么给？"

"看着难过。"

"嗯，你也是买个心安而已，那些施主也是买个心安，怎么分高下？当然他们智商确实成问题，但不好用你的善心要求别人。"

我们大方丈说了，世界是不会有末日的，真的，乖，别闹，来世修成正果，做个原子。

"小北，我……我给你写了首情诗……"

"你还是直接念吧……上次你给我写的我就没看懂，以为是梵文，拿去找我姨夫翻译，姨夫很警惕地问我，是不是惹上了什么外道的师父，怎么被人下了这么重的符……"

小北，只有你见过我笨嘴拙舌。

"小北，你看太阳这份儿豁出去的架势，应该是夏天到了吧，树叶都绿成那个恬不知耻的样子了。"

"嗯，按说春天还没过呢，怎么就这么热了？"

"肯定是被我对你的浓浓爱意给加热了！"

"是吗？那太好了，我这儿还有俩昨儿吃剩的酱肘子，你赶紧给热热吧，不许偷吃啊。"

"师父，你说如果有个人，一生无功无过，没人特别牵挂他，也没人特别恨他，有一天死掉了，就那么死了。怎么盖棺定论？"

"超度就是，要什么定论？"

"可眼见这样的人太多，他们就白白轮回一遭吗？"

"南无，非要写，可写四字：例行公事。"

"……要是我也这样呢？"

"你啊，就写：没有贼胆。"

"住手！你们这群混蛋，放开那个女孩！"

"哟嗬？小和尚毛都没长齐，就出来学人家打抱不平？我们要是不放开呢？"

"×，大胆狂徒！！我给你们跪下了！！！"

"……"

"澈丹，你还记得你小时候，为师问你最想变成什么，你怎么说的吗？"

"记得啊，变成鸟，现在也想，自由自在的，多好。"

"嗯，鸟还是鸟，可理由不一样了，你那会儿说的是，变成鸟，在每一个坏人头上拉屎！你看，还加了感叹号的。"

"啊，这说明我成熟了吗……"

"南无，只是换了一种幼稚。"

"小北，我师父说，见面聊天气是人类农耕太久的积习，关心风雷云雨，是担心粮食收成，关系身家性命，不是寒暄客套，没话找话。小北，如此说来，你看今天的天气就挺好，风也有，雨也有，闪电也有，反正误不了身家性命，我们去散步吧。"

"还是我自己去吧。"

"……"

"你给我打伞。"

"澈丹，半夜诵经，你要疯吗？"

"驱蚊虫啊，也驱鬼神，也驱心魔……"

"×，这是清凉油，这是带符板儿砖，这是安眠药，对症下药，赶紧睡觉。"

"嗯，蚊子来了喂安眠药，鬼神来了拿清凉油泼，心魔起了，给自己一板儿砖，对吧？"

"好孩子，快睡吧。"

"师父，幸福是什么？"

"啊？信佛就是信佛啊。"

"……不是信佛，是幸福，那你干脆说说，信佛能幸福吗？"

"信佛幸福，信佛不幸福，不信佛幸福，不信佛不幸福，这都有可能啊，没什么必然联系。"

"你别给我说绕口令啊，我这么问得了，你幸福吗？"

"我啊，姓王。"

小北，我刚刚忽然想到，其实我从没有过要和这世界死磕的想法，我对改变世界和改变自己都没有什么兴趣。这个不要告诉我师父，他一定会说，这也已经是执念。我知道他是对的。小北，酒劲儿就要退下去了，我还没有想到不吵醒你的抒情的方式。

空舟禅师的俗家姓名变化多端，一时姓王，一时姓李，一时又姓欧阳，唯一能肯定的，只有性别是男。各位施主就不用连这个都纠缠了，我们有法号的人，只知万法无常，知米饭可吃，一贯不知道自己姓什么。——遗寺宣

"师父，我跟空道师叔学功夫都快一年了，别说以一敌百了，连劈个砖头、碎个酒瓶都不会啊，我不想再学功夫了……"

"那你是打算当武警吗？"

"澈丹，功夫本来就是舞蹈的一种特殊形式，就像你说的，劈砖头、

碎酒瓶，表演而已，学它干吗呢？"

"那空道师叔那么厉害，以一敌百，他的功夫也是表演吗？"

"那是他劲儿大。"

"师父，那大方丈呢？都一把年纪了，也是劲儿大？"

"他倒不是劲儿大，可谁敢打他啊……"

"师父，你有没有不开心的时候？"

"这话问的，好像为师开心过似的。"

"澈丹，你要是再在坐禅的时候睡过去，为师可就真拿禅杖打你了。"

"你不也睡吗？！你怎么下得去手？！"

"第一，为师睡，是若有所思地睡，不要跟我比。"

"你……"

"第二，为师下不去手，所以才用禅杖打嘛。"

"师父，太阳都要落山了啊，坐禅一天真是不知不觉，时间好像静止了一般。"

"时间每时每刻都在流逝，只是我们不大注意罢了，就像你注意不到你每时每刻都在呼吸一样，除非把你扔到水里去。同样，如果你像为师一样有痔疮的话，你肯定就能体会到时间流逝了……"

小北，每次见你都会惶恐，每次见你，脑袋里都是一句没头没尾的烂台词——你从人群中走来。

"师父，你知道今晚有月全食吗？还是红色的啊，煞气太重了，肯定有什么坏事要发生吧？星象学怎么解？"

"这不用星象学就能解，明天是小北的生日，而且你忘了。唉，阿弥陀佛，为师只能祝你幸福了。"

"师父，你怎么知道小北生日的啊？"

"你去年特意告诉为师的啊，让我今年提醒你。"

"那你怎么现在才说！"

"这样明年你自己就能记住了，都是为了你好，瞪我干什么？还不去准备礼物。"

"小北，生日快乐！给你花！"

"明天才过。"

"怕你明天出不来嘛，我请你去吃东西吧，剁椒鱼头、飞禽火锅。"

"干吗吃这么荤腥？"

"加上月食，沉鱼落雁，闭月羞花就占齐了！"

"闭月羞花先不说，这沉鱼落雁是说我能吃是吧？你这是想给我过生日啊还是给你自己过祭日啊？"

"没有啊……别，别打啊……"

"小北，你别生气了，我跟你说实话，你看着我的眼睛！"

"看不见。"

"……那你看着我的口型！"

"你那口乱牙，重峦叠嶂的，丑死了，看了更生气。"

"你……你一跟我生气，我这眼睛也不对了，牙也不对了……"

"你那牙从来就没对过好吗？"

"小北，你不要哭了。"

"你不是也在哭？"

"我跟你不一样！我是男的！"

"……"

"师父，行走江湖，到底什么最重要？舌灿莲花？你觉得我这口才行吗？身手敏捷？我这功夫还有救吗？要不我改练枪法？还是人际练达？我除了咱寺里的和尚和小北就不认识别人了啊。师父我也老大不小的了，你说我到底主攻哪个方向啊……"

"别磨叨了，行走江湖，当然是运气最重要，随缘吧。"

"师父……"

"哼唧什么，是不是饿了？"

"师父！你怎么知道？！"

"咳，你那点儿小心思，你一张嘴我就知道你要吃什么饭。"

"嗯！咦？那句俗语不是这么说的吧，应该是……你大爷！"

"师父，被人激怒怎么办啊？特别怒，忍不了的那种。"

"忍不了也要逼自己冷静，心里从一数到十，做二十个深呼吸，默诵大悲咒，回想生命里美好的东西，感觉自己的心跳慢慢平和下来，然后再捅他，比较有准头儿。"

"师父，你说有一天，我也会喜欢别的姑娘吗？"

"没准儿。"

"那小北怎么办啊？"

"我 ×，你还真是慈悲为怀恬不知耻啊，你先想想自己该怎么办吧，学金钟罩了？学铁布衫了吗？这武的不行，文的呢？精神分裂你总得会吧？都不会还学人家三心二意，嫌自己轮回得慢吗？"

本寺为普度慈航，答谢众生，近期开展香火大回馈、求一赠一活动。有求一次姻缘，送一次超度；求一次财运，送一次开悟多种组合可供挑选，阿弥陀佛，万望各位施主不要错过。——遗寺宣

"师父，大方丈武功那么高，他有没有什么秘籍心法啊？我借来看看。"

"秘籍这种东西，全是读书人幻想出来的，手无缚鸡之力，就愣说知识就是力量，以为看两行字就能天下无敌了？你大方丈一身武艺，也全是大字不识一个的时候在江湖上滚出来的。若说有什么心法，那就是打不过人家就没饭吃。要不为了你武学精进，从明天起为师跟你抢饭？"

"……"

"师父，太无聊了，一成不变的生活太无聊了，怎么抵御无聊啊？"

"×，你问一个和尚这种问题，你觉得合适吗？"

"师父，耳闻众比丘言及末法时代，何解？"

"世尊灭度后，一切时代，时代中一切佛陀、凡人，皆有言自身所处为末法时代，这其实是执念，也就是自恋。"

"小北，你做梦是彩色的还是黑白的？"

"看内容吧，有食物的梦就是彩色的，有你的就是黑白的。"

"你居然会梦到我啊！"

"常常啊，梦到你在相框里，一脸严肃地看着我吃东西。"

"澈丹，你做梦是彩色的还是黑白的？"

"黑白的吧，白日梦嘛，白底黑梦，像素描一样。"

"没出息，编还不编个彩色的？"

"彩色的太逼真了，太逼真就不是梦了，我就想想，不能当真。"

"澈丹，别总抱怨了，生活其实是很美好的。只要你习惯了的话。"

"师父，人比人得死啊，小北唱歌那么好听，我念经都跑调；窆丹师兄那么嚣张，可我就是打不过他；你这么丑，也能当我师父……"

"澈丹，不要那么沮丧嘛，你功夫这么差，嘴又这么贱，都还没被人打死，你要知足。"

"师父，我忽然发现，在寺里待得，除了一堆师叔师兄，我都没有朋友啊……"

"这有什么的，为师也没有。"

"没有朋友多孤独啊。"

"有了也一样。"

"师父，喝茶是不是对参禅有帮助啊？你看空道师叔没事儿就喝茶，每喝一口都吸气挺胸，眼神辽远，一副大彻大悟的样子，跟他说话他也不理，就闭着嘴笑，高深莫测的。"

"他那是烫的。"

"师父，我想留长发，秃头太难看了。"

"你以为你长发会好看吗？"

"……也不是，可咱们到老都只能留这一种发型吗？"

"你这就是缺乏战略眼光了，长期看这对我们是有好处的，你想，如果僧人不剃度，那许多德高望重的高僧老了就会变成谢顶的高僧，那还怎么德高望重？再说，辩经的时候互相薅头发也不成体统吧？"

"秃头我就忍了，可烫戒疤我实在忍不了啊，多疼啊。"

"你就当文身了。"

小北，今天下雨的时候我在街上走，路上很多人在跑，我已经淋湿了，就没有跑，反正回到寺里还要好久。对面有个人也没有跑，他慢慢走过来，嬉皮笑脸地说，小师父，受累打听点儿事儿呗？我合了个十，以为他要问路，他接着笑，这雨几时停？小北，我觉得他比我像和尚。

　　一武士手握一条鱼找空舟禅师，道："我们打个赌，你说我手中这条鱼是死是活？"

　　空舟知如说是死，武士会松开手；如说活，那武士定会暗中使劲把鱼捏死。于是说："你是个傻 × 。"

　　"空舟禅师，我被官府追杀至此，恳请贵寺收留！我愿落发为僧，扫地打杂，禅师救命啊。"

　　"你犯了什么法？"

　　"我是被冤枉的啊。"

　　"呵呵。"

　　"好吧，禅师，我刚刚是骗你的，我确实犯了法，我杀了人。"

　　"杀了何人？"

　　"我嫂子，她与奸夫勾结，害死了我哥哥，被我发现，失手将她打死，那奸夫是本地富绅，我……"

　　"我 × ，二郎，你这故事编得敢不这么通俗吗？你到底犯了什么法？"

　　"……空舟禅师，我说实话吧，我没犯法，我也没被官府追杀，我只是实在受不了凡尘俗世了，我想出家，求个清静无为，恬淡安稳。"

　　"求清静啊，那你倒真不如去犯个法，牢里比我们这儿清静多了。"

小北，我现在不太敢说要和你在一起了。人生下来，总要死；和你在一起，总要分开。这不是宿命论，这是经过科学证明的宿命论。

"澈丹，让你切个西瓜怎么这么半天？手无缚鸡之力也就算了，缚个瓜也这么困难，你可真是，文不能辩经，武不能切瓜，你说你……"

"够了！师父，我手里拿着刀的时候不要这么刺激我，会出事的！"

"干吗？一气之下要自杀吗？"

"……我去切瓜了。"

"师父，这两天我下山行走，发现其实我很受女施主欢迎啊。"

"是幻觉。"

"你看你，别嫉妒啊，真的，人家拉着我问长问短的，还请我吃饭，请我喝酒，还让我下次再来……"

"你这两天根本就没下过山。"

"……"

"那是梦吗？可感觉很真实啊。"

"真实就对了，你前天吸了一口大方丈从印度带回来的香料，生梦幻泡影，就是这作用，辅助修行的。"

"我怎么不记得？"

"是我趁你睡着时让你闻的，测试下效果，看来不错。"

"×，要是有毒怎么办？我跟你拼了！"

"别喊，幻觉是愿望的表现，你的幻觉我已经听过了，再嘚瑟，我就告诉小北。"

"……再给我来一口吧。"

"师父，靠这印度香料修行，见识了梦幻泡影，见识了一切虚妄，不是偷懒吗？"

"是啊，所以卖得贵。"

小北，我说我喜欢你，你说然后呢，我说和你在一起，你说然后呢，然后然后，哪儿有那么多然后，然后就一起活着啊，不然怎么样。

"师父，以后我不读经了，越读越丧气，估计凭我的智力，这辈子想悟道是没戏了。"

"你看，读经还是很有效果的嘛，能正确地认识到自己的无知已经不错了，为师为你感到骄傲。"

"……怎么听着不像好话呢。"

小北，我最近有些话多，我说了许多别人的话给自己听，结果总是笑场。当然真正听别人说话的时候，我是不会笑的，一是出于礼貌，另外也怕他们说更多的话解释。师父说，我这不是礼貌，是虚伪，也是慈悲。小北，你跟我说句话吧，今天很安静，我吃了很多橘子，下了很多雨。

"澈丹，你见过海吗？"

"没有。"

"湖呢?"

"没有。"

"江河呢?"

"没有。"

"除了寺里这口井,你是不是就没见过别的什么了?"

"我见过大雨。"

"师父,活着是不是也就这样了? 年轻时像我这样,大了像你这样,老了以后像大方丈那样?"

"你不要那么自信,你能不能活到老还不一定。法无定法,唯一确定的就是你死了以后肯定是像土一样,可降解,可循环,低碳。"

"师父,婚礼敲锣打鼓我懂,热闹嘛,怎么葬礼也是敲敲打打的啊?"

"也是为了热闹一点儿,荒诞一点儿,弄得太严肃了,哭丧的人会笑场的。"

昨晚空响师叔为了自己古井不波的境界再次激动到失眠,并且大喊大叫,全寺的和尚都被喊醒了,追着空响师叔打。可他声音太响,没人近得了身,于是大家去找大方丈,可大方丈怎么喊都喊不醒,空响师叔盯着大方丈的房门看了一会儿,说了句"×",就睡觉去了。

小北,很久没给你写情书了,日子倒也就这么过下来了。

"澈丹，你看你窳丹师兄现在，起早贪黑，寺里的佛经他都快看完了，还到处给人讲法，你看看人家多勤奋，你睡到现在还不起。"

"我 ×，他这么努力，干吗不去隔壁大寺啊？或者直接还俗创业得了，还出什么家啊。"

"你这话说的，我们遗寺的人就不能勤奋了吗？都想着不劳而获，哪有这么好的事儿？你赖床还有理了？给我起来面壁！等我睡醒了再找你算账！"

"澈丹，你最近经也不念，水也不挑，柴也不砍，就跟墙脚坐着，装什么自闭啊。"

"师父，我忧郁……"

"要点儿脸吧，还忧郁，饭也没见你少吃了一口啊。再说，忧郁对外形是有要求的，你这种朴素的外形顶多也就是心里不得劲儿。"

"师父，我心里不得劲儿……"

"你要再不去挑水，就该身上不得劲儿了。"

小北，我似乎从来没有过了什么一定要怎么怎么样的时候，从来没有那么热烈过，即使是给你写的情书，也是压着手腕写的。小北，我是说，话不能说得太满，人活得也不能太满了。当然你很好，你这样理直气壮的很好，我喜欢你这样，但是我不行，我就做你的退路好了。

"师父，我觉得，人生在世，归根结底靠的就是三样，随大流、碰运气、勤奋，占上两样就能过得不错。"

"澈丹，为师让你学佛法，让你修觉悟，让你证无上正等正觉，你怎么净总结这种庸俗哲学处世智慧？你有个僧人的样儿行吗？"

"你不也老说吗？"

"我已经老了，你跟我比什么？"

"师父，我错了，我晚上就修觉悟，你先说我说的有没有道理嘛，人活着是不是就靠随大流、碰运气和勤奋？"

"嗯，是，这三样儿你占哪个啊？"

"……我占一个心态好。"

小北，佛法太难学了，觉悟太难了，要应付师父太难了，不懂装懂根本就是找打，还不如装疯卖傻。当然最好还是直接承认不懂，不觉悟，不想觉悟。小北，我觉得，和你在一起也是一样。无赖一点儿，显得坦诚。

"师父，我渐渐觉得，我佛说众生皆苦，未必是对的，大部分时候众生都不苦，或者说，他们并不认为自己苦，不然没法儿解释为什么众生会生生不息。大部分时候，众生根本就没想法，整个人生最大的苦也就只是无聊罢了，你说我说得对不对？"

"无聊。"

"师父，你看，如果我靠天赋变得牛×，那是老天给的，没什么好得意的；如果我靠后天努力变得牛×，那别人后天也能努力，这也没什么好得意的，归根结底，活着就没什么好得意的。"

"归根结底，你就是既没有天赋，又懒，还为此得意。"

"师父，新年新气象，我打算换个发型。"

"嗯，从全秃换成斑秃吗？"

"澈丹，为师问你，你想成为一个什么样的人呢？"

"我想成为一个开心，并且能让别人也开心的人。"

"哦，后一点还是可以做到的。"

小北，我很久不给你写情话了，我想，我是个普通人，怎么能那么爱你。

"小北，我只是喜欢你。"

"你只是喝多了，澈丹。"

"澈丹，你这饭做得要是不够吃，我晚上饿了就抽你。"

"小北，你看，如果你饿了，你是没力气抽我的；如果你抽我，就说明你吃饱了。"

"做顿饭你还给我做出逻辑陷阱来了……"

小北，我很久不说轻薄的话了，无论是对世界还是对你。内心逐渐痴肥，人格逐渐呆板，面目倒是一如既往地可憎，这让我略感欣慰。我师父说，我无端发笑的次数越来越多了。小北，我想念你的次数却没有减少。

存钱罐儿

一

澈丹:"师父,咱们晚上做包子吧?"

空舟:"咱们好好做人呗。"

澈丹:"……"

澈丹今天干了体力活儿,特别饿。依大方丈令,遗寺僧众正在拆除大殿佛像,要放在院里烧了。

遗寺的佛像待不住。立寺之初,是一尊泥佛,那泥胎终日普度众生,生了倦意,一天忽然站起身,抖抖土,对殿前香客鞠了一躬,说:"在下不行了,在下先走一步。"

此后又立四尊佛像,各有借口,有说出去抽支烟的,有说去上个厕所的,均去无影踪。一年前,大方丈就说:"这尊怕也该到时日了,如来如去,各僧切莫与之冲突,权且挥手作别。"

结果一年过去，这一尊却不动如山，于是大方丈下令，颁终身成就奖，而后付之一炬。

澈丹问："不走就不走呗，烧了合适吗？挺呛的。"

空舟答："其实这尊也早有去意，奈何人间气沾染久了，心软了，大方丈说，咱们度它一回。"

澈丹说："我看是大方丈心软了吧。"

二

佛像放在大院中央，架了柴堆，可是试了几次，火怎么都点不着，空巫来了脾气，说要引俩天雷炸它，被空舟拦住了。

空舟跟大方丈说："师父，这是不喜欢火葬啊？"

大方丈："它还是心软。你去劝劝。"

空舟提口气，走到空场中间，与木佛面对面："南无，有什么心里话你就说。"

木佛没说话。

空舟："你是还有什么放不下的？年深日久，相中前殿里那把木椅子了？我给你俩撮合撮合？"

木佛没说话。

空舟收了嬉皮笑脸，叹口气："众生普度不完的。"

木佛没说话。

空舟："是，度一人是一人，多一人觉悟，就比少一人觉悟强，可你在这里，见过几个觉悟的？"

木佛没说话。

空舟狠狠心，提了音量："不光没几个觉悟，恐怕连你自己都离觉悟远了吧？我佛？"

众僧觉得空气一紧，隐约传来一声佛号，木佛自燃了。火苗蹿天而去，大火一瞬，空场中没留下任何残渣。

空舟一边跑一边说："哥你等我躲远点儿再着啊，我新买的袈裟！"

三

晚上到底还是做了包子，羊肉芹菜馅儿的。

澈丹拿了一笼，跑到前殿边吃边看焊佛像，让小北抢去了几个。

新佛像早就做好了，空巫亲手做的，是尊铁的。大方丈有令，这次要把佛像牢牢焊死在底座上。

小北边吃包子边说："这次这尊佛像真难看啊，黑了吧唧的。"

澈丹："嗯，没有你好看。"

小北："你拿我跟黑铁比啊！"

澈丹："我是拿你跟佛比。"

小北："喊，油嘴滑舌，我看你是包子吃多了，都给我吧。"

澈丹不舍地目送着小北和包子走远，舔舔嘴唇，回头问空舟："师父，焊死能拦住佛走吗？这不是天真吗？"

空舟："焊死不是为了拦住佛走，是别有用途。"

四

遗寺今年效益不错，大家都收了不少香火钱，按说个个花钱都是大手大脚，居然还都剩了不少。众僧开会，觉得这钱存在钱庄不合适，放在床底下不保险，于是大方丈命空巫做了这个空心的铁佛，让大家集中把钱都放在里面。为了更安全，索性把铁佛跟底座焊死，防止有人连佛带钱一起偷了。

澈丹："这哪儿是佛像啊，这就是个大存钱罐儿啊。"

空舟："存钱罐儿就不能是佛像了吗？存钱罐儿就不能是佛了吗？"

澈丹："那我们日后对佛诵经，香客们来向佛祈福，对着的，居然都是一堆金银财宝，这……不合适吧？"

空舟："我问你，你见过隔壁大寺大殿里的佛像吗？"

澈丹："见过。"

空舟："他们的佛像是什么样的？"

澈丹："……金的。"

空舟："有多少寺庙的佛像都是金的？"

澈丹："……很多。"

空舟："让你读经，记得经上怎么说西方极乐世界的吗？"

澈丹于是诵经："极乐国土，有七宝池，八功德水充满其中。池底纯以金沙布地，四边阶道，金、银、琉璃、玻璃合成。上有楼阁，亦以金银……师父，我懂了。"

空舟："懂什么了？"

澈丹："金银财宝没什么不合适的，大把寺庙里的佛像都是金的，佛说佛国，也是金银遍地。是我着相了。可是师父，寺庙里又有那么多苦修的规矩，又说万法皆空，佛像这么隆而重之弄成金的，不是最大的着相吗？又说要戒贪嗔痴，妄图去这金银遍地的极乐世界，不就是最大的贪嗔痴吗？师父，我不明……师父，师父？"

澈丹说着说着，发现空舟盯着铁佛发呆，连叫了两声师父，空舟猛然醒转，冲空巫喊："别焊了别焊了！"

澈丹："师父，你悟到什么了？"

空舟："我忘留私房钱了。"

何首乌

一

大方丈从山里回来，手里拿着个黑乎乎的东西，颇似人形。

澈丹见了，问："大方丈，人参啊？"

空舟："没文化，何首乌。"

澈丹："我就说，人参哪有这么丑。"

澈丹一下想起自己听过这个东西："何首乌我知道啊，美发生发的嘛。大方丈，你买这玩意儿干吗？想还俗啊？"

大方丈："不是买的，是份机缘。"

说完把何首乌丢在了大殿供桌上。空舟抬头看看佛祖，看看何首乌，又看了看佛祖的肉髻，合了个十。

空舟："南无，佛祖，我们这里的和尚，倒是好像就只有你用得着这玩意儿了。"

二

空舟显然忘了，其实还有个人也用得着，就是刚刚在院子里披头散发
练功的空道。空道武艺精深，耳力过人，已经听到了何首乌的功效。除了
武艺，空道最在意的就是他的头发了，佛法要排第三。他拿了何首乌，径
直去找空巫。

空道把何首乌一举："煮。帮忙。"

空巫："何首乌？咋的啊你，还想生发啊？你这还不够啊？"

空道："嗯。"

空巫："大长头发有什么好的？你毕竟是个出家人，再说多不得劲
儿啊。"

空道："但是。帅。"

空巫："这玩意儿对肝脏不好，别吃了，这么爱美我给你做个假发戴
呗，做个平头的好不好，要不板寸的，老精神了。"

空道中文再差也听出了讥讽，扭头就走。

空巫："你干啥去啊？"

空道："煮。自己。"

空巫看着空道的背影笑："妈呀，话还说不利索呢，挺倔强。"

三

第二天清早，澈丹禅房里传来一声惊叫。空舟还没睡醒，翻了个身，没理会。不一会儿传来砸门声。

澈丹："师父！师父！"

空舟紧守禅心，不做回应，按经验来看，半梦半醒时如果说了话，可能就再也睡不着了。

砸门声继续，澈丹音量加大："师父，你给我出来！这是不是你干的啊！"

空舟觉得，自己可能对这个徒弟有点儿太好了。压了压杀气，空舟开了门，开门以后，杀气全消。

空舟开门看见他的徒弟澈丹站在门口，一脸愁容，眼中是怒火，头上是及腰的长发。

粉红色的。

四

澈丹挤进空舟禅房，把门锁了："帮我剃！这让他们看见不得笑话我一年啊！"

空舟："没看见我也会告诉大家的。"

空舟一边让他讲讲到底怎么回事儿，一边拿了剃刀，粉红色的头发飘飘洒洒，澈丹还是非常困惑："真不是你干的？"

空舟："我有这么大本事吗？"

澈丹："可你有这份儿闲心啊，你还有那些奇奇怪怪的朋友，谁知道你托谁干的！我昨天晚上睡着睡着就迷迷糊糊闻着一股……"

澈丹还没说完，门外又传来敲门声，是空巫。

空巫："师兄！空舟！开门！你给我出来，这是不是你整的！"

澈丹跑去打开门，空巫猛地挤进来，澈丹见了爆出大笑。

空舟："你这个好，绿色是比粉色适合你。"

空巫："师兄，是不是空道那个鳖犊子让你整我啊？妈的这个霓虹金也太小心眼儿了。"

空舟："我给他剃完给你剃，说说怎么回事儿。"

空巫："肯定是空道！不知道从哪儿弄个何首乌，让我给煮，我说你别吃，那玩意儿对肝脏不好，再说有用没用谁知道啊，我这么大个巫师对不对，我给你想想办法好不好，嗐，没说完走啦！然后半夜我就闻着一股……"

空巫说到此处，又传来敲门声，是小北。

小北："开门！空舟！你给我出来！"

空舟嘀咕："不是吧，你个女孩长点儿头发怎么也生气啊。"

空舟打开门，发现小北并没有什么异常，小北看见澈丹和空巫一阵大笑。

小北笑完说："我姨夫是天蓝色的。"

五.

空舟提了剃刀奔向大方丈禅房，行了礼，那两个披头散发的也跟着去了，空巫一进门就说这肯定跟空道和何首乌有关系。

大方丈："空道把那何首乌煮了？"

空巫："应该是，闻着中药味儿了。"

澈丹："我也闻见了。"

空舟心里奇怪，自己就住澈丹隔壁，为什么没闻着。

大方丈想想，吩咐先把空道叫来，煮剩的何首乌也带来。

空道进来，大家明显感觉他那头长发比平时更润，更长。空道本来神采飞扬，忽然看见一屋子绿头发、粉头发、蓝头发，愣住了。大方丈往后拨了一下自己天蓝色的长发，正色道："看来是真煮了，那何首乌不是一般的草药，空道，你闯祸了。"

大方丈昨天去山中吸收天地精华，撒撒野尿，忽看见路旁这个人形何首乌。大方丈一眼看出这植物才是真吸了天地精华，已成精怪，就绕着走了。没想到走了一段，又看见它立在地上，抬头看看，不是它跟着自己，而是自己又走了回来。

大方丈："何仙长？何故挽留贫僧？"

何首乌一动不动，一个人声传入大方丈耳中，稚稚童音。

何首乌："想请高僧带我入人间。"

大方丈："何仙长这般法力，不用我带吧？"

童音忽然哀怨，又生气："哼，法力高？法力再高有你们和尚高吗？好容易修了几百年，快出人形了吧，遇上个大和尚，非说我机缘未到，给我下了禁制，让我化不出人形。哎呀，我在这片林子里扎了上百年，风吹雨打，你们和尚怎么这么残忍啊？"

大方丈："应该是自有残忍的道理。"

何首乌："狗屁道理，他就说想入人间，得再等到一个和尚经过此地，我的机缘就到了。高僧，赶紧吧，给我解脱这禁制。"

大方丈："那前辈没说怎么解吗？"

何首乌童音尖厉，刺得大方丈耳朵一阵疼："说了我还用等你？你们这些和尚就说什么机缘机缘，让我等，都等了上百年了！我不管，你给我解！"

大方丈心里好笑，想这草药也有几百年修为，还学小孩撒娇耍赖。

大方丈："我真不知道怎么解，可今天不解，我似乎也走不出这山了。这样吧，我把你带回寺里，那前辈说你遇到和尚会得解脱，我们那儿全是和尚，看看你能碰上什么机缘吧。"

六

空舟："南无，原来是得道的仙草，这……空道，你真煮了？"

空道听到此处，脸色煞白，说不出话来。

空舟："也罢，这算破杀戒了。"

若说遗寺里，还有哪个僧人紧守清规戒律，恐怕也就是不肯剃度的空道了。知道自己无意中破了杀戒，空道心情很复杂。

空巫看看自己的头发："这仙草药劲儿大是大，但毕竟是植物，煮个草，不算杀生吧？再说了，杀生而已嘛，早晚要杀的。"

空道怒视空巫，眼里已有了泪水，大声说："不。"

空巫："你看你，安慰你两句吧还不知好歹了……"

空舟："杀生事小，可杀了妖精，我怕我们遗寺从此不得安宁……空道，你恐怕得做点儿什么超度这位亡魂了。"

空道脸上尽是懊恼，点点头，认打认罚。

空舟转向大方丈，一脸正经："师父，你看怎么办？"

大方丈也是一脸正经："因果报应，夺命偿命，我看，空道，我们只好把你煮了。"

空道"啊"了一声，空巫直接喊出来："干啥？！师父，你是不是脑子转筋了？区区一个生发膏，就杀了怎的？咋能煮空道呢？师兄，你劝劝啊。"

空舟比刚才还正经："唉，事已至此，可能只有这一个办法了。"

澈丹也懵了："师父，大方丈，当真说啊？"

空舟："出家人，生死本来就不该看得太重，这也是空道的机缘。"

澈丹："×，不该看得太重你怕什么妖精报复我们？"

空巫也急："师父，你说话啊！"

大方丈不说话，盯着空道看，空道眼皮低垂，一头长发都暗了。

空巫猛地跃起挡在空道身前："你跟那儿深沉个屁啊，快跑，我挡着他们！"

澈丹头发剃了一半，扑到地上抱住空舟的腿："师父，你能不能再用心思考一下？"

空舟："啧啧，你们还演上兄弟情深了，别在我腿上蹭……何仙长，你就打算看着啊？"

只见空道腰侧一动，僧袍鼓风，一个东西冲破衣服立在当地，正是煮剩的何首乌。黑光大盛，空舟和大方丈闭目诵经，一会儿功夫，何首乌变成了一个皱皱巴巴、黑不溜秋的长得像植物的人。实话说，变化也不是很大。

空道一摸衣服："没死！你！"

大方丈："几百年道行，一锅开水就煮死了？何仙长，恭喜你突破禁制。"

何首乌开腔，还是童音："哼，你们这一老一小两个妖僧，想煮我救命恩人？"

空舟："不说煮他，你还不现身吧？玩儿心挺大啊你。"

何首乌："那大和尚知道我没死就算了，你怎么知道的？"

空舟："这么小个院子，我怎么没闻着他们说的香气？怎么不长头发？何仙长，干吗作弄他们？"

何首乌："哈，你倒是聪明，什么何首乌生发，都是狗屁。让你们长头发，障眼法罢了。这个叫空巫的，讽刺我恩人，自然要作弄，这大和尚把我捡回来不管我，我也不能饶了他。"

澈丹："那我招你惹你了？"

何首乌："你说我丑。"

澈丹："……我说错了吗？"

何首乌："对了才生气啊！"

八

何首乌施法，五颜六色的头发收了去，省了空舟剃头的功夫。

何首乌："行啦，我往人间去啦。"说着就要走。

空舟："何仙长，你到人间干吗去？"

何首乌："做人啊，做了几百年草了。"

空舟："仙长这么大道行，不打算成仙？"

何首乌："成仙干什么？"

澈丹："草本植物就是弱智。成仙开心啊，无忧无虑，随心所欲啊。"

何首乌神色黯然，皱纹更深："想过这种日子，当草不就行了？都不用当仙草。"

空舟："南无，仙长说的是。去了人间，打算干吗呢？"

何首乌："好好体验一下，走走看看，吃吃喝喝，想干吗干吗。"

空舟："在人间走走看看，吃吃喝喝，想干吗干吗，这和做神仙有什么区别？"

何首乌不说话。

空舟："真要体验人间，得有个做人的样子，不说娶妻生子，至少要有个营生吧。"

何首乌："禅师有理，我干吗好？"

空舟："开医馆，治脱发。"

何首乌："……然后呢？"

空舟："就说自己没有治不好的，名头挂出去。想受人尊敬，就每隔十人治好一个；只想过普通日子，就每隔百人治好一个；想做坏人，就治坏个有头发的；想得名利，就治好个有权势的；想受苦难，就再把那个有权势的治坏。必有人会千恩万谢，不用太当真，也有人怎么都不满意，不用太在意。会有大的医馆来找你，用钱找的有，用刀找的也有。如果运气好，还会有些人来与你结交，兴许你能得到如我两位师弟这般的友情，兴许，你会气得杀个把人。爱情嘛，仙长法力那么高，可以换换样貌，可以常常换，会有意想不到的发现……本性自空，种因得果，人间什么样，仙长如此这般，应该很快就知道了。"

何首乌："哈，听着有意思啊。"

空舟："南无，听着，是有意思。仙长，到时发现人间无趣了，可以来我们这儿出家。"

何首乌："还有什么嘱咐？"

空舟："嘱咐是没有了，但仙长玩儿心这么大……我给你推荐个项目好不好？"

何首乌："好啊好啊。"

九

第二天，隔壁大寺封山，院内五光十色。

遗寺大雨

一　大雨

遗寺下大雨，下了一个月。

雨到七天的时候，小和尚澈丹问他师父空舟："这是什么现象？"

空舟说："自然现象。"

雨到十五天，全寺僧众已经没有一条干爽的内裤可穿。

澈丹又问："师父，这不是自然现象了吧？"

空舟说："可能是哪个作法的求雨求猛了吧。"

于是大家去请空巫禅师出来看看。

空巫禅师是十年前进的寺，出家前是个萨满巫师，跳大神儿的，东北人。因为一次受乡绅委托求雨，没求来，在俗世结了梁子，毁了声誉，上山投奔。

上山那天，空巫禅师跟遗寺大方丈南无说："哥我跟你说，晴空万里啊，逼我求雨，这不他妈瞎整吗？搁谁谁能求来？不是我不好使，是他妈的有人害我。"

大方丈："别他妈的说脏话。"

又问空巫："那你有法力？"

空巫："多少有点儿，主要是依天势。"想了想，又说，"求雨前也看天气预报。"

言罢，天降大雨，大方丈收了他，赐法号空巫。从此遗寺多了好几项一般寺庙不经营的业务。

大方丈说："我收空巫，不是贪图他带来的经济效益，我他妈的是喜欢他的耿直。"

众人找到空巫时，见他脸上画得乱七八糟，禅房里摆满法器，已是作法多时。

空巫："我查了、算了，也作法了。晴空万里，下雨月半，违反自然规律，这不是下雨下不停，是有人害遗寺。"

空巫进寺十年，轻易不说脏话了。

正说着，大殿方向传来肉体撞击地面的声音，众人互相看看，有人问："这是谁在大殿干架啊？"

空舟说："不能啊，能打的都在这屋儿呢。"于是全冲去大殿看热闹。

原来是山下镇子里一个相熟的香客王一，正冲着佛祖磕头呢。空舟禅师问："王先生，不疼啊？"

王一："疼啊，疼也得磕啊，佛祖显灵啊，晴空万里啊，独独你们遗寺上面有片云啊，下了十五天雨啊，你们遗寺有神力啊。"说完继续磕头。

空舟禅师知道，这确实是有人害遗寺了。

澈丹问："师父，是谁啊？"

空舟说："不要当众问我我回答不了的问题。"

二　陪你买衣服

空舟找到大方丈："师父，是谁啊？"

大方丈没说话，身为大方丈，是不能说不知道的。

大方丈的外甥女小北在旁搭话："让我知道是谁，非砍了他！有完没完啊？我都快没衣服穿了！"

澈丹溜进来说："小北，我陪你下山买衣服去吧？"

小北白他一眼："你有钱吗？"

澈丹："我有！"

说完转向空舟，伸出一只手："师父，你常教育我，年轻人为了爱情，可以放下尊严。"

空舟："你本来有吗？"

澈丹："师父，我想要钱……"

空舟："你要脸吗？"

澈丹："师父……"

大方丈接了话，说："澈丹，钱从寺里出，派你下山采购一批干净衣物，记得买点儿保鲜膜蒙着回来，我也快没干衣服穿了。用不用叫师兄弟陪你一起去？"

澈丹看看小北，连说不用。小北没理他，径直去账房拿钱了。

两人拿了钱，出了庙门，过了小河，下了山，然后没进镇子就回来了。

澈丹说："雨跟着我们走，一人头上一朵云，不敢进镇里啊，怕被当成妖僧打死。"

小北气鼓鼓地拿毛巾擦头发，澈丹呆看着，心里嫉妒着毛巾，嘴里嘀咕："不过两个人走到哪里都有雨随身，旁人看见，羡慕死了吧？浪漫死了吧？"

话音没落，小北冲过来把毛巾塞进澈丹嘴里："你想死了吧？"

空舟在旁看着摇摇头，吐出两个字："浪。该。"

三　佛门里的俗世

雨下到二十天，人心浮躁。有师兄弟不信的，跑了出去，也是走到哪儿雨就跟到哪儿。空舟最狠，带着徒弟澈丹直奔了隔壁大寺，说自己读了一本经，悟通了一层佛理，特来跟僧友辩辩。

遗寺和隔壁大寺向来不和。隔壁大寺势大，名声也响，方圆百里，只剩遗寺没被吞并，究其原因，是遗寺创寺人有黑社会背景，到了这代大方丈，加上空舟、空道、空响、空巫一干僧众，也都不是什么好相处的人。恶人须得恶人磨，隔壁大寺对遗寺无可奈何，恨之入骨。

尤其恨空舟，他特别爱逛隔壁大寺。他说："这儿好，这儿是佛门里的俗世。"

当时澈丹跟了一句："佛门哪里不是俗世？"

空舟："骂人的时候，没必要那么严谨。"

空舟来了，门口的香客看傻了，全觉得是哪位菩萨显灵，但又死活想不起来哪个菩萨的化身是自带降水系统的，懵懵懂懂，纷纷口称"阿弥陀佛"，让开了。

一个妖冶女施主脸带坏笑，直勾勾盯着空舟，连声说："禅师好法力，禅师宝相庄严，禅师给我看看手相吧？"

空舟目不斜视、宝相庄严地进了大门，澈丹也尽量庄严。

澈丹："师父，你心里爽死了吧？"

空舟："粗俗。我这叫法喜充满。"

隔壁大寺的和尚自然认得这师徒俩，知道不是什么菩萨显身，更不是什么好事儿，急忙进去通报了。等空舟走进大院，释秒疑已经等在那里，命人关了院门，拿了几把伞来。释秒疑不是方丈，但所有抛头露面的事儿好像都是他干，至少每次都是这个倒霉蛋出来接待空舟。

释秒疑："阿弥陀佛，空舟禅师，你这是什么高科技？"

空舟颔首，轻声说："是佛法。"

释秒疑："阿弥陀佛，我也是干这行的，蒙我有劲吗？你们遗寺三教九流，有一个空巫搞这些旁门左道还不够，你又来，你们哪里还有佛门的样子啊？"

空舟颔首，轻声说："就你有。"

释秒疑："阿弥陀佛，你搞这些就搞，来我们这儿干吗啊？我告诉你，我们是正经的佛门圣地，你看我们墙刷得多白，你再胡闹，小心我破了你的妖法。"

空舟颔首，轻声说："你破啊。"

澈丹在旁非常兴奋，心里想："我师父真不是东西啊。"

院门口有偷听的香客，院外已经炸了锅。"听说了吗？遗寺那个小破庙的空舟禅师，居然来挑战咱们啦！""他常来吧……""这次不一样，这次带着法术来的，秒疑大师要破他的邪法！"

没破成。

非常尴尬，当着一堆看热闹的香客，其中还有不少老主顾，还有妖冶女施主。

释秒疑放下手中佛经，额头见汗，表情失落。

空舟师徒的表情好像比他还失落。

空舟说："破不了啊？"

语气尽是遗憾，可在释秒疑听来这就是存心气人。

释秒疑压着火道："阿弥陀佛，空舟禅师法力高超，破不了。"

空舟又叹一口气，语气诚恳："哪儿是我的法力高超啊。"

释秒疑听了要疯，心想：那就是说我法力太次呗？

释秒疑压着火："空舟禅师有这等法力何不做做善事？这些施主里，有不少来自干旱地区的。"

空舟悻悻然："我这点儿够干什么的啊？我带着我徒弟去给他们家当盆景吗？"

空舟合了个十，说："打扰了，我们回去了，秒疑禅师要是想到了破解之法，千万要来找我们啊，千万啊。"

释秒疑压下胸中脏话，使劲点点头，咬牙切齿说了句"阿弥陀佛"，目送空舟师徒离开了。

澈丹："师父，可惜他没破了，不过你这主意真妙啊，我还以为你来这儿就是为了寻开心呢。"

空舟："我是啊。"

两朵云跟着两个和尚，浮浮沉沉，走远了。

四　原来是你，你是谁

雨到三十天，大方丈把大家召集到一起开会。遗寺这帮和尚背景复杂，大方丈打算一起掰扯掰扯，看看是不是谁结了什么梁子，惹了哪路高人，让众人想想自己的仇家里有没有会干这种事儿的选手。

让大方丈先说，大方丈想了想："要是我的仇家，我这会儿肯定非死即伤，不可能是我。"

让空舟说，空舟想了想："我这么衰，不会有仇家的。"

一干人眯着眼看他，不说话。空舟让人看得心虚："看我干吗？是，我出家前是拈花惹草来着，那也不可能有这种会法术的啊，那我能活到现在吗？"

众人勉强信了，让空道说。

空道是个日本人，来中原求佛法的，结果这人好死不死赶时髦还信儒家，身体发肤受之父母，死活不剃度，没有庙门肯收他，只有大方丈看他武艺出众，收在了遗寺，至今汉语说不利索。

他说："没有。跟我结仇。比武。"

让空响说，小点儿声说。空响是练狮子吼的，吼是练成了，就是控制不好，他体谅大家，只摇了摇头，没出声。

让空巫说，空巫还没说话，人群中间传来一声："别说了，是我干的。"

众人随声看去，是个妖冶的女施主，不知何时进来的。

正是隔壁大寺门口让空舟看手相的那个女施主。

五　意中人

女施主自称佩施，说自己六年前来过遗寺。

六年前，佩施来求姻缘，是空舟禅师接待的。

空舟看了佩施的手相，说："南无，女施主三年内必有姻缘……"

佩施："禅师，我不是求随便的什么姻缘，我是求和一个人的姻缘。"

空舟："何人？"

佩施："我的意中人。"

意中人叫空巫。

空舟说："女施主，你这不是求姻缘，你这是求做媒。"

问她怎么看上空巫的，佩施说几年前他们村请了空巫求雨，当时他还不是空巫，是个萨满。雨没求来，是另外好几个萨满联手作法干扰，空巫当时名声太盛，其他人生了嫉妒心。空巫赔了全部家当给村里，上山出家了。

佩施说："他是个好人。"

空舟出主意："我师弟的事我管不了，你的意思我会告诉他。"

言罢，空舟就再没见过佩施，也没听空巫提起过，直到这六年之后。

其实佩施去见过空巫，说了自己的意思，空巫开始说自己一心向佛，无意于男女之事。后来佩施又来过几次，聊巫术，聊佛法，就这么聊了三年。

三年头上，佩施说："咱要还继续聊，有件事我必须告诉你，当年在村子里害你的萨满，我爹是头儿。"

空巫说："那就不聊了。"从此三年没见过。

空舟拧着湿透的僧袍问："所以你三年后就选了这么个出场方式？你找我，我帮你劝劝他不好吗？"

众僧附和，都说："就是就是，劝劝不好？"

空舟又冲空巫说："年轻人，为了爱情可以放下尊严嘛。"

众僧附和，都说："就是就是，放下尊严嘛。"

空巫苦笑摇摇头，佩施也摇摇头。佩施说："当年选在我们村害空巫，不是靠我爹，我爹他们几个加在一起也制不住空巫。选我们村，是因为我们村有我。"

"因为她天生就能通神，"空巫表情看不出喜悲，接着说，"萨满巫师就是人世和神的媒介，所谓法力高低，看的就是能借来多少神力。她天生就能借来很多，想必这两天大家也发现了……"

佩施说："我爹利用我干扰空巫作法，我并不知情。我知情了也没用。"

空巫说："萨满巫师一般都是跟着家族走的，将来她肯定要做他们村的大萨满，她爹不容我，我跟她好，是耽误她。"

佩施一笑："我爹说了，再过一个月我就得正式上班了。"

空巫一笑："那你是跑我们这儿练手来了？"

佩施不笑了："是告别来了。"

言罢，雨停。

众僧没人说话。

六 也是意中人

佩施临走时偷偷跟空舟说:"其实我本来就想下十五天雨的,没想搞得这么尴尬,下了一个月,都因为一个小和尚。"

十五天头上,佩施正要作法收雨,没想到被一个小和尚撞破了身形,按说以她的法力,常人是看不见她的。小和尚问她是谁,在干什么,没想到她就一五一十说了。按说以她的定力,是不会轻易说这些的。不光说了,说到激动处还哭了。

佩施说:"不知道为什么,什么都愿意跟他说。"

佩施说完,小和尚也哭了,说:"相爱的人为什么不能在一起?"

空舟:"×,这货是澈丹吧?"

佩施:"是。"

两人哭完,澈丹求佩施再多下几天雨,他说他也有意中人,雨一直下着,跟她就多了不少相伴的借口。

澈丹当时说:"她将来要是知道这雨是我求来的,开心死了吧?浪漫死了吧?"

空舟:"这个丢人没够的玩意儿啊。"

空舟跟佩施告辞,来到院里找澈丹,见他正闷闷不乐地蹲在树根儿想事儿。

澈丹看见空舟,也没起身行礼,说:"师父,雨停了。"

空舟:"雨总是要停的。"

澈丹:"佩施姐走了,小北也下山玩儿去了。"

空舟:"人总是要走的。"

澈丹："师父，佩施姐跟你说雨是我求的吗？"

空舟："说了。"

澈丹低了头，垂了目："我是不是又得面壁思过去了……"

空舟面无表情，进了禅房，关了门，从门里说了一句话。

空舟说："等你空巫师叔心情好点儿，去跟他学求雨吧。"

砸杯断指

一

澈丹去山中求白桃精弄了瓶上好的白桃酒。

小北："给我。"

澈丹："你等我去找个杯嘛。"

小北："娘炮，喝酒用什么杯？"

澈丹见小北心情不错，斗胆拿着酒跑了两步，想逗她开心，想让"嬉闹"这件事也能发生在他们两人之间。结果小北劈手抢酒，澈丹站立不稳撞在柜上，砸了一个酒杯。

澈丹："啊。"

小北拿了酒开喝，见澈丹盯着地上的碎片发愣。

小北："怎么了？"

澈丹："这是我师父最喜欢的酒杯。"

小北："哦。"

澈丹："完了完了，怎么办啊？"

没人回应，澈丹抬头，小北已走远，空留一个酒瓶。

澈丹又念叨一句："这回完了。"

二

这杯子跟了空舟好多年。东西时间长了就不再只是东西了。东西赔得起，时间赔不起。

何况澈丹连东西都赔不起。

空舟："那也得赔吧。"

澈丹："怎么赔啊？我也没钱，师父对不起……"

空舟："剁小指吧。"

澈丹："啊？"

空舟："我听你空道师叔讲，他们日本赔礼道歉都这样，我觉得挺好。"

澈丹："一个破酒杯至于吗？"

空舟看他："破吗？"

澈丹："不破不破……可是……"

空舟："可是你的小指头肯定比我的酒杯珍贵是吗？"

澈丹："嗯啊。"

空舟："可我觉得这世上没什么东西比我的酒杯珍贵，你自己想想吧。"

空舟不知从哪儿甩了把匕首出来："在我醒来以前想好。"

说完回屋睡觉了。

完了完了，真完了。

三

澈丹心烦意乱，拎着匕首乱走，至于吗？这就要剁我小指，你剁了它能干吗？收藏啊……正低头走着，在院里碰到空巫。

空巫："哎，小伙儿这是要杀谁去啊？"

澈丹摇头，说了砸杯的事，也说了空舟要他剁小指。

空巫："我 ×。"

澈丹："师叔，你说我师父是不是疯了！"

空巫："是那个青瓷的小杯吗？"

澈丹："就那个，你说我师……"

"你为啥要砸那个杯啊？"空巫痛心疾首，"这杯原是一对儿，当年咱庙里有个冤死鬼常住着，本来相安无事，结果这个弱智有一天嘚瑟，砸了空舟一个杯，然后空舟就把它超度了……"

澈丹："师叔，你讲这个什么意思？"

空巫："你师父说没说你要是不剁会咋样？"

澈丹："没说，他就说他睡醒了以后要我想好。"

空巫："他睡觉去了啊？"

澈丹："嗯啊。"

空巫："你想想你师父都什么时候睡觉。"

澈丹："……生气的时候。"

空巫："澈丹啊，一根小指而已，留着能干吗使呢？该剁就剁吧。"

四

空舟睡醒出来，看见澈丹一脸冷汗，眼神怨恨，捧着小手指在门口等他。

空舟："我 ×，你怎么真剁了？！"

"啊？"澈丹吸着冷气喊。

空舟："我让你剁了吗？"

澈丹感到头疼。

空舟："让你想好，是让你剁手指吗？"

胃也疼。

空舟："一个破杯子，值钱不值钱，陪我久不久，我在乎吗？我缺钱吗？我是那么有感情的人吗？"

主要还是手疼。

空舟："我是让你想清楚到底是杯子珍贵还是手指珍贵的道理。"

手疼完了想杀人。

但现在不能在这儿理论，空巫答应了他，剁完手指赶紧过去，还能接上。

澈丹："师父说的是，我知错了，我还有事……"

"你不能觉得自己的手指就比别人的杯珍贵，"说到此处，空舟按住澈丹肩膀，伤口不疼了，冷汗停下来，澈丹听到师父在说话，"你的命也一样，不一定就比我的杯子可贵。"

空舟："东西没有高下之分，全在人心一念。你的命重要还是我的命重要，要看来取的人是谁。白桃酒在你看来是好东西，对白桃精来说不值一文，对小北来说……也是不一样的价值。"

空舟拿过澈丹的小指，已经开始发凉："众生平等，不是说众生都有一样的价值，而是说众生都一样没有价值。"

澈丹肃然："谢师父教诲。"

"断你一指，一是我憋着想说这个道理，我不说难受；二是你知道那是我最喜欢的酒杯，如果我只说个没关系就完了，怎么可能完？你心怀愧疚，这事恐怕永远在你心里，以后每回我旧事重提，你都不舒服。剁你小指，你就觉得再无相欠，杯的事才放得下。"空舟把小指还给澈丹，"快去找你师叔接上吧。"

澈丹："谢师父除我心魔。"

空舟一撒手，痛感又上来，澈丹赶紧往门口跑，跑到门口又想起一件事。

澈丹："师父，既然你真的不看重这个杯子，你又为什么要杀当年的那个冤死鬼？"

空舟："哦，那个啊，他打的那个杯子是我比较喜欢的一个。"

两个不一样吗？澈丹怕师父再按住他讲一番道理，压下心中疑问，捧着手指跑出去了。

奇趣

都是很短小的故事，我气力不够，写不长。

爸，世界末日了

"医生怎么说？"

我爸躺在病床上，闭着眼睛。我在一边给他削着苹果，这是我爸要求的，他说他小时候家里有人住院了，旁边总会有人削着苹果。我爸不爱吃苹果，我爸念旧。或者只是想折腾我，就像他这一辈子无来由地折腾我妈，折腾我哥、我妹一样。现在他老了，能折腾的只剩我一个，他的其他儿女在我妈过世后就与他断绝了来往。

"病危通知早上又下了一张，"我看了一眼新闻，那主持人这两天常常见到，他也累得够呛，"等下医生来换种新药，估计还能撑过今天。"

我爸睁开眼，看着新闻："都这个尿样儿了我还撑啥？撑过今天还剩几天啊？"

新闻里放着世界各地面对末日的样子。教廷不分日夜地由主教们轮流祈祷，战争都停下了，世代的种族仇恨、宗教分歧并没有弥合，只是大家顾不上了。我爸说，这就像他小时候看过的动画片《猫和老鼠》，平时往死掐，有更强的外敌时，它俩就不打了。这动画片我小时候他逼我看过，我不爱看，被他羞辱过。

我把苹果递给我爸："昨天我不在，听说你又信了个基督？"

我爸咬了一口就把苹果放在了床头柜上，下面没有垫纸巾，他应该是不会再吃了。

"我是让那傻 × 烦得没办法，"我爸从病服口袋里掏出十字架，握在手中，"得永生，得永生，我都要死了让我得永生，这不他妈的抬杠吗？要搁以前我早把他打出去了。"

不会的，搁以前他也不会真把他打出去，我爸对外人一向客气有礼，关上门才会像这样恶言恶语。怪的是，这样他也没有交到什么朋友。好像是这样的，所谓人前一套人后一套的人，总会被大家识别出来，说："那是个人前一套人后一套的人。"

骂归骂，他把十字架握得很紧。刚知道他得癌症的时候，我没打算告诉他，是他自己猜到的，也没法儿猜不到，身体完全不行了。他不肯相信，让医生再查，医生告诉他确诊了，他就打医生；转了三回院，老实了，不打医生了，让我查偏方。我爸年轻时用过电脑，但也止于电脑，他连智能手机都没用过，现在后者也早就被淘汰了，他虽然不信任但也只得依靠我。

我爸年轻时笃信科学，我妈给我吃牛黄解毒片他都要讽刺一番。得癌后，为了保命让我到处寻医问药，就像现在偏方失败后开始信基督一样。他的床头还摆着佛像，是前两天一个和尚送给他的。这些要度人到彼岸的神，是我爸实在留不在此岸后的唯一选择。我爸太想活了。

从那个老骗子家回来后，我爸扔掉了所有草药，住进这家医院，每天晚上痛哭，整整一个星期——哭得让人想原谅他的一生。直到新闻开始播放世界末日的消息。第一反应是震惊，第二反应是连说了三个"好"，第三反应是大笑，后来就再也没哭过了。我爸。

"美国人真他妈的完蛋了啊，我小时候看的电影里就没有美国人过不去的坎儿，"我爸碰我的腿示意我换台，他不会操纵这个播放设备，新闻里换了另一个主持人，这两天她也一样累坏了，"你说他们怎么就没跟人谈妥呢？"

外星人一个月以前下了最后通牒，地球毁灭的日子就在五天后，没有理由，也没法儿抵抗，全球主要国家的军事设施都遭到了毁灭性的攻击。

"你看这些人，一点儿求生意志都没有，好歹骚个乱啊。电视台也有毛病，都什么时候了还播新闻？"我爸拿起那个苹果看了看，又放下了，语气中怨气很重，但这是我从小就习惯的那种怨气，不是癌症也不是世界末日导致的，"这女的也是，他妈的电视台有毛病你也有啊？为啥不出去玩儿啊，嘚瑟啊，找个男的搞啊，还他妈播新闻。"

我看着那个已经开始氧化的苹果，随口应答着："也实在无事可做吧，世界末日，谁能知道该干什么。"

"对，×，干什么都不对，只有死了对。"我爸说完笑了几声，这种笑声在我妈跟他离婚时，在他被降职时，在他这辈子不如意的每天每夜我都听到过。最近这段日子，只有他确定末日要来，和美国人谈判失败后发出过两次。

笑声停了，我爸开始咳血，他体内的感应器叫来了医生，我赶紧让开，医生简单操作了几下，给我爸注射了新药，看了两眼数据，冲我摇摇头。

我："还有多久？"

医生小声说："最多还有五分钟。"

"行行，别在那儿嘀咕了，我还不知道我要死了啊，还有多久？"我爸闭着眼问。

我冲医生点点头，医生说："不到五分钟。"

"真牛 × 啊，科技进化成这样了，知道还有几分钟死，就是救不活。"我爸又开始笑，"张医生，我不是冲你，你别介意，你也没啥好介意的，反正大家都要死了。"

张医生赶忙说："是是是。"

我示意张医生先出去，对他说了谢谢。

我："爸……"

我爸："别说了，再坐一会儿吧，我这个岁数得癌症，又赶上世界末日，爸不冤了，你这么年轻，挺冤。"

我："还好。"

我爸："你这段日子净陪我了，还有几天，赶紧出去疯吧，别他妈跟电视里这女的似的。我越看这女的越不错，你俩挺合适，你去找她去吧，说说，不行就硬来，法律还管啊？管又咋的，就剩五天了……"

我爸攥着十字架忽然想到什么，眸了眸眼，我反应过来，把佛像塞进他怀里，他点点头："你还行，还陪我到这会儿，我不冤了，都得死，我不冤了……"

床头柜上的苹果已经彻底氧化，氧化对于苹果来说比被吃掉更像是死亡。我爸也氧化了。

我起身出门，张医生在门口等我，我先开口："谢谢张医生帮忙。"

张医生："小事儿小事儿，你这两天辛苦了。"

我没说话，确实非常累，电视里那个女主持看我出来，站了起来，楼道里还有男主持、传教士、和尚、美国总统……他们有的是我的朋友，有的是我雇来的演员，大家纷纷说着节哀一类的话。

传教士走上来："李先生，这个视频的制作费用我们可以不要，只要你允许我们把你这个事儿报道一下，咱们也可以谈谈电影改编权……"

男主持打断他："人家刚那什么你等等再谈不行吗？再说报道中很多创意都是我们团队出的……"

"不用了，"我脑子里一直是那个苹果的画面，"费用我照付，这件事情你们谁也不许说，素材全部销毁，我们签过保密协议。"

就这么结束吧，就像我爸一样。

走时安详，没有痛苦。他应该上不了天堂。

这首悲伤的智利民歌一直没有停

一

早上起床刷牙时我第一次听到它。

开始以为是我女朋友放的，可她还在睡觉。

我叫醒她："你听到了吗？"

她："啊？"

我："这是什么歌？"

她："啥？"

我："挺悲伤的一个调子。"

她："我什么都没听到。"

我再三确定她不是开玩笑，四处也找不到音源。

我戴上耳机，随便选了一首街歌，在苍茫的天涯之下，这首悲伤的智利民歌一直没有停。

我就是觉得它是一首智利民歌。

二

上网搜不到类似症状，也有人幻听，可内容是变换的，不像我这样单曲循环。病人自述里，药只是辅助，真正的处方只有一个，就是等一等。

那就等一等，先去上班，今天有个重要的会，出了新车型，我准备了PPT，要统一教育销售部门新策略。

焦虑，脑子里一直响着这么个东西，怕出错。

翻页，一行字："低油耗 SUV，带上你的梦想和家人去远方。"

大家皱眉，点头，演好各自的角色，尽人事，没人真的关心结果。

悲伤的智利民歌一直没有停。

翻到尾页，我说谢谢，大家就鼓掌。我说有什么问题吗。没有。

总是没有问题。

怎么可能总是没有问题。

秘书推门："开完会了吧？"

默然。

秘书端个蛋糕进来，冲我喊："生日快乐！"

三

我："哦哦。"

秘书："你生日要过两天，这星期有四个人都过生日，都是天秤座，巧不巧？正好今天开会，就一起过了。"

另外三个人走上来，大家叫我切蛋糕，我说不会。

有人接过刀去。

这首悲伤的智利民歌在生日快乐歌下显得更低沉。

有人叫我许愿。

今天我有两个愿望，一是这首歌能停下，二是辞掉这份工作。

四

我打电话跟女朋友说会晚点儿回家。

她："你幻听好点儿了吗？"

我："好多了。可能是适应了。"

她："真是一首歌？"

我："嗯，智利民歌。"

她："嗯，早点儿回来。"

我："喝一杯就回去。"

我有个常去的居酒屋，需要喝一杯的时候就去那里。

这首悲伤的智利民歌一直没有停。

越喝越多，裹着头巾的老板笑起来，问我："啥歌啊？"

我惊讶："你能听到歌？"

老板："没，你喘气是带节奏的，是哼歌呢？"

我："哦，是，一首智利民歌。不好意思吵到你了。"

他说了我才发现。

我："跟你说个事儿你看看你信不信。"

于是告诉了他从今早开始的折磨，我脑子里有首歌，只有我能听到。

老板评价："挺牛 ×。"

我："挺痛苦。"

老板："明天就好了。"

我："万一好不了呢? 脑子里永远有首歌。"

老板："那也没什么吧，痛苦的事多了，你这还好。"

好像是还好。

老板："智利民歌? "

我："嗯。"

旁边坐着的人看我。

老板："你去过智利? "

我："我就是觉得。"

老板："哼哼听听? "

我："等一等，等它唱到开头。"

酒馆静下来，都看着我，我们一起等了十几秒，它再次从头开始，我从头唱起来。

结束后有人鼓掌，老板请了我一杯酒。

老板："又唱一遍? "

我："嗯。"

老板："是挺痛苦。"

五

居酒屋打烊，老板要送我，我说想走一走，他说好，这样的对话已经有过几次。

出来坐在街边。

已经过了十二点，没有停，乐观想这算是个超能力，一首只有我能听到的歌；再乐观一点儿，我可能从此变成一个音乐人，包装方向就是"神赐之曲"。

有巡警经过："喝多了？"

我："嗯。"

警察："身份证看一下。"

给他看。

警察："喝多了早点儿回去，别在街上放音乐，大半夜的。"

我："你能听到音乐？"

"不是你放的吗？"警察打量我，"我听着是你这儿出来的，是智利民歌吧？"

我："啊。"

警察发动了摩托："赶紧关了回去吧。"

我站起来跟了两步，还是没能提起力气告诉他，他是除我之外唯一听到这首歌的人。

这首悲伤的智利民歌，一直没有停。

电影《搭车》剧本

荒原上，一条公路，旁边再没有别的东西，也没有其他公路，远远驶来一辆白色现代，车体在风沙中挂了彩，他是不应该开这种车走在这样的公路上的。

镜头推到车窗前，我们首先看到的是一个紧皱的眉头，眉头上面全是汗，下面是一副黑框眼镜，再拉开一点儿，就是我们一脸焦急、不停翻看GPS的主人公了。主人公叫马卓，扮演者将在徐峥、郭德纲、鹿晗、沈玉琳、余文乐、贾斯汀·比伯中挑选，视档期决定。

从马卓的反应来看，这个开着现代来到戈壁的人似乎是迷了路，而眼前只有这一条路，可他心里并不知道这条路是不是对的路，也不知道尽头在哪里。这是很强的导演意图，象征着我们每个人的人生也差不多就是这样。导演怕观众看不懂，所以先在这里说出来。

现代还在这不知正确与否也并没有其他选择的路上继续开着，马卓盯着前方的表情一变，先是探头眯眼（表示看到了一个东西），再转为惊喜

（这个东西对他的人生路有所帮助），最后又变回皱眉（这个东西注定有负面作用，人生中的事物大抵都是如此）。

镜头从前挡玻璃向后拉开，近景切远景，我们看到，在马卓前面的路上站着一个人，一个脏兮兮、满头乱发的男人。

男人拖起行李（此处给一个行李摩擦干燥路面的特写，再次强调荒漠感）走到了路中央，背对镜头，正对马卓。

镜头切马卓皱眉表情，车减速。

镜头切男人脏兮兮的后脑勺，到此刻我们还是没有看到男人的正脸，用这一俗套办法调动观众好奇。

现代停下了，这个从影片开始到现在一直行驶的现代停下了，象征着两位主人公的命运都将在此改变。

马卓没敢打开车窗，等着男人说话。

男人再次拖起行李，一步一沉走到副驾驶的位置，拉车门，车门没开，男人慢慢俯下身来，此处切一个马卓皱眉的表情，男人俯到了车窗处，我们终于看清了男人的脸，粗犷、严肃、凶，扮演者将在刘青云、泰森、崔岷植、河正宇、萨缪尔·约翰逊中挑选，视档期决定。

男人说："搭个车。"

因为男人有了脸，说了话，男人也就有了名字，男人叫老姜。

马卓犹豫了一下，开了车门，老姜提起全是土的行李，眼神询问马卓，马卓讨好："扔车里就行。"

老姜面无表情，坐下，关车门，现代重新启动。

马卓："您去哪儿？"

老姜："回家。"

天色开始转晚，夕阳的黄光打上来。（麻烦灯光部门辛苦一下，请尽量与夕阳好好协商，让它全力配合。）

马卓："我想去瓦城，可是 GPS 坏了，不知道怎么……"

老姜："就这条路一直开。"

果然就是这条路一直开。

马卓："那你家在……"

老姜："把我放瓦城就行。"

老姜显然无意多说，开始研究怎么调节座椅，低头摸索，身体猛往后撞了几撞，马卓插话。

马卓："右边有个转盘……"

老姜转转盘，靠背向后倒。

老姜："腿伸不开。"

马卓看看路，还是什么都没有，歪过身子，伸手到副驾座椅下方，拉了拉杆，老姜向后滑去。

老姜把脚搭在了台子上，顶着风挡玻璃，准备睡觉。

马卓又皱起眉头，眉头上面是汗，下面是眼镜，眼镜往老姜两只脏脚的方向看了一眼，表情一变，镜头给到老姜的脚，发现老姜的鞋帮上沾着血。

马卓从后视镜看向老姜，发现老姜也看着他，眼睛很大。

老姜："牛血。"

马卓："哦哦，您是养牛的？"

老姜："吃牛的。"

马卓："……我也爱吃牛，我家狗也是，您养狗吗？"

老姜："不养，吃。"

马卓："我家那是条小柯基，没法儿吃，哈哈哈。养了两年了，这出来一会儿就挺想它的……"

老姜不搭话。

马卓："您是做什么的？"

老姜："啥都做。"

马卓："哦哦，我是汽车销售，来这边开展业务也两年多了，一上这戈壁，就还是找不到路啊，你说这怎么办。"

老姜："回家去。"

马卓："家我是回不去了……"

一阵沉默，夕阳的黄色更浓（请灯光部门一定努力），镜头切了外景，现代在这路况不好的唯一一条路上持续颠簸，卷起的沙土向西走，起风了，荒原上总是要起风的。摄影师在此情此景可以点根烟，排解自己的苦闷。

镜头切回车内，慢慢地，车里响起了抽泣声，镜头先是老姜看向马卓的眼神，再拍到马卓抖动的背影，然后是马卓流泪的脸。

马卓："离婚了，爸妈也都没了。三十五岁，成了个孤儿，跑到这个地方卖车，你说，他妈的这个地方卖现代车有人买吗？"

老姜没说话。

马卓："还好有个狗陪我，姜哥，咱们在这路上遇上也是有缘，兄弟劝你一句，以后别吃狗了。"

老姜："得吃。"

马卓："为什么？好吃？"

老姜："好吃。"

马卓："那我哪天也试试？"

老姜没说话，伸手拉开自己的包，从里面掏出一块塑料袋装着的肉。

老姜："给。"

马卓接肉的时候，从后视镜看到，老姜的包里有刀，表情又一变。

老姜不说话，拿刀在手："防身用的。"

说完掉转刀身，把刀把递给马卓，动作灵活利索。

老姜："送你。"

马卓："这怎么……"

老姜："不白坐你车。"

马卓把刀和肉都放下，从老姜腿底下的副驾驶储物柜里翻出半瓶白酒，递给老姜。

马卓："送你。"

老姜喝了一口，觉得位置不舒服，调好椅背坐起来，又喝了一口，身心舒畅，看向前路，此时夕阳马上就要落山，皱眉头这个表情第一次出现在了老姜脸上。

老姜："方向不对。"

说完话，老姜就失去了知觉，再醒来，发现自己手脚被绑，车停在荒原中一个木屋前，旁边再没有别的东西，也没有其他木屋。车门打开，马卓把老姜拖下车，像老姜拖行李那样拖着他走进木屋。

灯光幽暗，木屋中还有一些其他人，有些被绑着，有些已经死去，有些吊在天上只剩一半身体，老姜听到了一声狗叫。

一条短腿柯基从阴影中跑出来，马卓蹲下摸摸它，反身向门外走去。

老姜："你是什么人？"

马卓："我是马卓。"

本片拍摄要点：

除剧本中提到的皱眉头等表情变换，最难的是拍摄时的叙述诡计，要让观众以为危险来自老姜，最后转折时才能有"莫名其妙""什么玩意儿啊"的感觉。

为了保证这一效果，建议摄制组全体除马卓的扮演者外，全部不知道最后的安排。绑老姜要真绑，迷药要真下，尸体要真挂。

拍摄完成后注意给那位多愁善感的摄影师做心理复健。

马卓所驾驶的车辆可与商家洽谈，"现代"只为暂定用车。

如果预算够，现有故事不必非得停在这里，可继续拍下去。

夕阳非常重要。风也是。

两个乘客

阿沛从没有反思过这样做对不对，阿沛思考的问题只有怎么样才不会被抓住，跟小时候砸人家玻璃一样。

今天不错，候机的时候就看见了旅行团，都拉着登机箱，箱子里自然是要随身携带的贵重物品，这被人们归为"不会出错"的人生经验之一。阿沛即将是一个优化他们人生经验的人。

阿沛刚开始干这个的时候是临时起意，邻座的把手机掉在了座椅旁边，阿沛捡了起来，没有还回去。在飞机落地时那人找不到手机，跟空乘说了，空乘说："哦，以前出过这种情况，掉在椅子（头等舱，蛋形椅。蛋形椅象征一种未来感，它跟这里追求尊贵奢华的预期其实是不般配的）里面了，要请技师来拆开找，先生你别着急。"这是空姐的人生经验，也说服了那个人。

那人应该想过要求搜查吧？可人们都站起身了，着急要走了，十几个小时的飞行不重要，这两三分钟才是不允许任何人耽搁的。对啊对啊，你们的时间多宝贵啊，阿沛想。再说，他肯定觉得体面比手机重要，为了部手机就搜人家？他干不出来（干不出来心里还惦记）。经验告诉他，谁会在飞机上偷别人的手机呢？那不是一抓一个准儿吗？阿沛就那么下了飞机，临走前还说了些安慰的话。

阿沛的正职工作要求他常常飞这种国际航班，报销头等舱机票。他也不是每次都偷，他不能承担被抓的风险，他过的是一种不能那么轻易放弃的生活。完全不偷也不行，不能轻易放弃的生活，乐趣已经不多了。阿沛说，我真特不容易。

开始登机了，头等舱可以先上，阿沛还想再观察一下，看看哪个人比较松懈、哪个人会觉得报警、跟航空公司抗议是比丢东西更麻烦的事情。阿沛看见了阿旺。

今天对阿旺来说是个重要的日子，阿旺穿了新西装，面料像他的心情一样平静。阿沛注意这个人也是被这身平静的西装吸引的：十几个小时的飞机啊大哥，下飞机你是要从箱子里掏出个熨斗来吗？

阿旺拎个黑箱子，跟西装好像是同一种面料，从头等舱入口登机了。他抬手看了一眼表。表不错啊，阿沛想。

阿旺比以往更在意时间，今天是重要的日子，现在是重要的时刻。

手机在开始的时候是阿沛最喜欢的品类，行程中不会有人注意，关了机或飞行模式，落地以后发现不见了，直接就傻×了，有招儿吗？没有。再加上长途飞行的疲惫和空乘的催促，拆椅子已经是为了手机所能做的最后一件事了，算仁至义尽。人在那种状态下跟喝多了一样，吐就吐吧，给前女友发短信就发吧，当众戳穿朋友爱看幼女 AV 就戳穿吧，手机丢了就丢了吧，平时多么严重的事都不重要了。本来有多重要啊，真是。

现在阿沛有了新的爱好，翻皮箱。人们下飞机的时候不会检查自己的皮箱（你说奇怪不奇怪），即使真检查了，他也不禁要想，那东西我是不是托运了啊——这是喝醉了的第二种症状。阿沛还喜欢拿着皮箱去卫生间慢慢翻，他不担心被发现，只要你做得足够自然，那就是自然。不是有人说了吗，装了一辈子好人，那你就是好人。这跟魔术是一个道理。

阿沛坐在了自己的位置上，放好他的箱子——基本是空的，然后左右找阿旺，心想，这人的黑箱子里肯定有贵重物品，不翻对不起自己的良心。

阿沛并不需要偷盗来贴补家用，几张照片、一份合同，哪怕是谁准备的画了好些圈儿、记了好些时间的旅游攻略，阿沛拿了就觉得高兴，美。东西不用贵重，它对别人来说贵重就行了。缺德？对啊，不缺德哪儿能快乐呢？跟突破了自我的人不要聊这些。

阿旺心中也很犹豫，自己真的准备好了吗？代价阿旺不在乎，阿旺担心的是自己有没有这个资格。认识老师到现在也才一年，自己还处在初灵的阶段，福报够吗？不知道。会太莽撞了吗？不知道。这么急是不是太功利了？不知道。阿旺不知道的事情太多了，所以遇上老师，心里真的唯有感激。老师什么都知道。

阿沛要等待时机。长途飞机那么多人，每分每秒都会有人醒着，但据阿沛多次观察，某些时刻，全飞机的人，包括空乘都会进入即使没睡着也非常晕的状态。是喝醉前的微醺。阿沛准备闭目养神一会儿，等到那些时刻自己先睡着了就太傻 × 了。

阿旺还有退路，他有自己的机关。有退路其实就是懦弱，老师不是说了吗？人就是总给自己太多退路，世界才变成这样。人生下来就是没有退路的过程，死不叫退路。阿旺又看了一眼表，看，时针不会往后转。阿旺拿出了老师的书，阅读灯射下来，有站在舞台上的感觉，阿旺希望在此刻得到神启。

阿沛睡不着，跟空乘要了橙汁，喝完又加了一杯。他对阿旺越来越好奇了，这人，穿个西装坐得笔直，拿的什么？《解脱书》？现在是不是稍微有点儿钱的人就这样啊？你穿西装坐飞机其实是种修行对不对？奇了怪了，过上了自己前半辈子追求的生活，现在又来求解脱，那你之前干吗呢？阿沛对"亡羊补牢"这个成语就一直有偏见，这他妈是褒义词吗？亡羊补牢，对羊有用，对人没有用。

看这本书真能解脱吗？阿旺冒出了这种大不敬的想法。能的，肯定能，老师写的书，不应该怀疑，老师不就解脱了吗？不是我帮的忙吗？真理已经写在书里了，指路的手早已抬起，正道就在眼前，我现在需要的不是思考，是执念。

空乘走过来："王老师，你坐这班啊？"

阿旺："啊。"

空乘："你不记得我啦？我以前跟你飞过两趟。"

阿旺："哦哦，陈余莉对吧？"

空乘："是是，王老师，你去美国玩儿啊，还是公司的事儿？"

阿旺："公司的事儿。"

空乘压低了声音："想抽烟来驾驶室啊，今天黄一帆飞，你也认识吧？"

阿旺："认识。"

空乘："真是，他们也不来跟你打招呼，没大没小，我去告诉他们啊。"

阿旺:"算了算了,我等下去驾驶室找他们吧。"

空乘:"嗯嗯,有事儿叫我啊。"

阿沛听到了一些对话,这人是航空公司的啊,那还偷不偷? 航空公司的人可不怕麻烦。事儿就是这样,你自行车丢了永远找不回来吧? 你爸要是当警察的你试试?

阿旺出了不少汗,他不愿意被认出来,他不想跟这些人产生瓜葛,这些人都是随便碰到的人,自己这个身份也是随便碰到的身份。亲人、朋友都是随便碰到的,"宇宙是震动的幻象,所谓命运是没有规律的碰撞",这是老师说的话,多么深奥。老师当然不是碰撞来的,老师是注定好要为我解脱的。

阿沛看到阿旺拿着书慢慢睡着了,飞机上的人也开始慢慢睡着了。不偷就不偷吧,我看看总可以吧? 他向阿旺的位置走了过去。

阿旺梦到老师对他说的话,《解脱书》里的字在宇宙背景中陈列开,一颗星星为一个字打光,尘埃带是美术效果,一个"来"字向他砸过来。这是阿旺等待已久的神启。

阿沛走进卫生间,没人发现。他打开了阿旺的黑箱子,里面是一个小的黑箱子。

阿旺醒过来,梦境还没有消退,客舱里灯光调暗,他眼前反复闪着一个字:来,来,来。

阿沛来回摸着小箱子,一时不知道该怎么打开。

阿旺做好了决定,站起身,打开了行李架,看到里面是空的,箱子不见了。

阿沛在底部找到了一个旋转的机关。

阿旺关好行李架，坐回座位。恩赐感充满了他的心：神，真的存在啊。

"咔嗒"一声，阿沛拧开机关，小黑箱子的盖儿崩开，眼前几个红色数字一跳，倒计时开始了。

神拿走了箱子，这是神的旨意。神是嫌我段位不够，还是觉得，只带这些人走，对剩下的人太不公平了？

阿沛看着数字倒计时，心里想，这最好是个奇怪的玩具，哪怕是个什么高科技后现代修行用的法器，不然的话，我就终于要放弃我的生活了。

无所谓了，无须揣度神的意志，阿旺心中宽慰，腰松动，黑西装起皱。

阿沛摸着黑盒子，不知道自己现在去找机长还来不来得及。还有三十秒。

阿旺站起来，开始计划去美国玩儿点儿什么。

算了，最后这三十秒，活得体面一些吧。

阿旺向驾驶室走去，去抽根烟好了。

作为余生的开始。

买牛奶

家里没有牛奶了。又要我去买。

我是被她叫醒的，就为了这么个事儿。

"你看家里又没牛奶了，昨天就告诉你了让你买，你不买，赶紧起来吧，别躺着了，一天到晚赖在床上。"

我并没有一天到晚都在床上，我这不是刚起床吗？昨天要上班，晚上又赶去见了火星的老同事，喝了两杯酒，今天就睡得晚了一点儿。

关于牛奶我没什么好狡辩的，昨天她确实告诉我买牛奶，其实前天她就告诉我了。前天加班，昨天喝酒，就没买。我觉得她应该是在为我昨天回来得太晚生气，或者根本也没什么理由。

那同事她也认识，我当初离开火星前，她突然来找我的那次，我是介绍过她给大家认识的。当时太激动了，多骄傲啊，一个姑娘从月球专程来找我的，找我！你们看看！激动得都忘了其实跟这些同事以后不会有什么交集了，无论是人生中，还是宇宙里。

那次也喝得大醉，在我那个公寓里她照顾我到半夜，我还抱着她哭了，也没那么感动，就是心里觉得此处应该有哭声。人生要改变了吧。

最开始的那一年里，我们都太戏剧化了。

我在火星挖大坑，她在月球做一份办公室工作，因为上网看到我拍的照片，加了关注，聊起来，后来就相爱了。

开始没想过吧？开始只是想有机会睡一觉吧？我们有意避开讨论这个，关于原始的动机，她的说法是："是想跟你学学摄影。"我的说法是："我只是为了满足虚荣心。"

后来聊得很好。初遇时的聊天跟搞创作一样，斟酌，灵感也多，兴奋，感动，自我感动。

她："我们离得那么远，将来很难见面啊。"

我："那你还加我？"

她："不见面就不能加了？你们这些火星挖坑的太现实了。"

我："火星挖坑的也比你拍得好。"

她："比我好有什么了不起的？有本事来拍我。"

我："又说不见面？"

她："我胡说不行啊，人不能胡说吗？"

我："能，人还能离开火星。"

我第一次来见她是先搭了矿上的船回地球再去月球，这样便宜一点儿。第一次约会吃了日料，月球上日本移民多，正宗。他们还发明了在月球上弄出海鲜的办法，即使在这个时代，还是觉得挺不可思议的。

吃完东西我们在街上走，抬头可以看到蓝色的地球。

她："你知道这是模拟的吧？屏幕来的。"

我："知道，火星上也是这种屏幕穹顶，蓝天白云，星云黑洞什么的。这个模拟就是这个距离上看到的地球，一模一样的。"

她："那也不是真的。"

我："我拍的照片也不是真的。"

她："那不一样，摄影是再创作，这个是自我欺骗。"

她顿了顿，又说："我们要是能一起看地球，多浪漫呀。"

我站住，牵了她的手，说："你低头。"

她："干什么？"

我："我们一起看月亮呀。"

说过了，我们那个时候都太戏剧化了。

为了这么几句话，我就辞了火星的工作，告别了合法的大麻（其实也不抽）、赌场（其实也不去），回到地球准备考试。没办法，我学的东西在月球用不上，又想结婚，她家人又很保守（就为她到月球工作都差点儿断绝关系，她妈连哭三天，还给她写过长信），我只能想办法考进政府部门。最后又托了些家里的关系，总算安排在了月球空港做安检员。

这么算算，我都工作三年了，也结婚三年了。

她："你还磨蹭什么啊？不就让你买个牛奶吗？还有你这袜子，我不捡你就不捡是吧？扔在地上等什么呢？等忽然失重了它自己飘到床上吗？"

我捡起袜子，看了她一眼："我先洗把脸。"

她："别又弄一地水。"

酒力还没有全退，昨天喝酒王三还是抱怨工作很累。

他："但是涨了点儿工资，挺好的，我还是喜欢火星，地球太安逸了，你们月球更是。不过你喜欢就得了，这都看每个人的选择。"

我："是是是。"

王三说以前我们常去的酒馆还开着，老板娘的女儿也来帮忙了。他反复强调对自己的生活很满意，不知道是在劝我还是劝他自己。

她："洗完没？"

我："马上。"

我坐在马桶上翻手机，新闻说抓获了日本往月球走私海水的团伙，海水有什么好走私的？专家说正常运输要检疫，那个走私头目说："检疫了的话，可能会干净一些，可是为了这种事，海水原本的味道就要被破坏一点儿，而鱼生的道，就在这些'一点儿'上，这实在无法原谅。"

说土星开放自由行了，土星带冲浪是特色项目。

说有环保组织抗议对火星的过度开采，要还火星本来面貌。

她拉开门进来："你到底去不去？"

我："你怎么这么没礼貌啊？"

她："你半夜回来有礼貌？东西乱丢就有礼貌？睡到十点有礼貌？我八点就起来收拾家了，让你买个牛奶这么不情不愿，你不去我自己去！"

我："我去我去。"

我站起来，语气也不耐烦了。

她："你跟我喊什么？"

我："我没喊。"

她："有什么话你就说。"

我："没有，我去买牛奶了。"

她："你别走，你说清楚，别给我装委屈，你到底想说什么？"

我："晚上去吃日料吧，过段时间味道可能就要差'一点儿'了。"

我说着出了门，去开我的飞船。她要喝的牛奶在近月轨道上卖，据说是牛在失重环境中产的，对身体很有好处。

我上了飞船，向宇宙开过去。

去买牛奶。

宇宙好大。

画家阿修

阿修不是个开朗的人。

在这个时间段的世界上，甚至还没有"开朗"这个概念。这是语言发明之前的社会，人类作为一个物种，还没有证明出自己的与众不同。处于食物链中位置尴尬的一环，人类也没什么理由开朗。

但阿修格外不开朗。其他的人还会常常咧着嘴，用那张没有进化好的脸来表达快乐的情绪，而阿修从来没有过。

阿修不知道自己的父亲是谁，他也不关心，他也没有过要关心这个的想法。阿修住的山洞还算不错，里面住着另外一些人，阿修不喜欢另外这些人，但他们构成了一个小小的部落。构成原因，可能是周围只有这么一个山洞。

这个山洞十分利于居住，周围的森林里产一种果子，地上长一些野草、野菜，果子又引来虫子，虫子引来鸟雀，这些就是部落的食物来源。

他们还没有学会使用火和工具，除了阿修。阿修最喜欢做的事是跑到远处，找一个大石头，然后拿一块小石头在上面划。

直线、折线、意义不明的圆，后世有不少人靠研究这些东西为生，而阿修自己的生活十分艰难。尤其是最近又下了大雨，天气冷下来，食物越来越难找了。

打猎对于当时的人类来说太难了一些，他们主要是靠去林子里捡果子和虫子为生，吃腐烂的动物尸体，有时也掏鸟蛋。森林中危机四伏，山洞中也好不到哪儿去。亲情爱情需要时间来进化，可生存的压力始终迫在眉睫。

部落中的人不得不走到更远的地方去寻找食物。山洞中阴冷潮湿，阿修还是每天跑到远处去划一会儿石头，捡一些吃的，自给自足。

他没有什么目的，没有什么情绪，也没有什么办法。

像所有对人类历史来说至关重要的时间点一样，这一天也没有任何征兆，阿修划完了石头，跑回洞穴，发现自己的母亲被杀了。

应该是因为食物不够了吧，阿修这么想。

也没有人过来跟他解释，也没有人出来承认杀了他的母亲——不是不敢，只是觉得没有必要。阿修看到母亲的尸体残缺不全，有人脸上还挂着笑意。

那笑意只是因为吃饱了，活下来了，是很单纯的快乐，并没有任何其他复杂的情绪。但阿修心里升起了复杂的情绪，扭头跑了出来。

他也没有多爱自己的母亲，只是想到，他们今天杀了她，明天就可以杀我——明天也会饿啊。如果我被他们吃了，那我的画就永远画不完了。

阿修来到了大石头的旁边，拿起自己每天用的小石头。那石头历经长久的创作，边缘出现了锋刃。等到入夜，阿修拿着他的画笔回到洞穴，寻着鼾声的音量，将部落中所有的成年男性砸死了。

　　当晚，阿修成为部落第一个明确的领袖。随后他教会其他人磨制石块，他们的部落开始外出打猎、扩张、壮大，研制出更复杂的工具。

　　人类进入了石器时代。

　　阿修依然每天跑到他的大石头旁边画画。

　　阿修不需要再为食物操心，他是一个领袖，一个革命家、发明家，但始终不是一个出色的画家。

　　但他喜欢的事情只有画画。

今早九点半那班公交车上被非礼的女白领

　　我当然早就感觉到那个人摸我了，用你们讲？我第一次坐公交车啊？

　　他摸第一下我就躲开了，我连头都没回。这也不是第一回遇上这种事了，看他干什么呢？恶心。我也没能躲开太远，这里太挤了，手上还拿着电脑，挎着包，还有等下开会要用的 KT 板——我昨晚赶去印刷公司拿的。现在吵吵嚷嚷要为我主持公道的这位大哥，刚才也没有给我让个座的意思。现在也没有。

　　我也没想到那人这么不要脸，胆子也够大。躲开了，就证明我察觉了，就不要再摸了啊，到底被别人看见了吧？为什么要给我添这么大的麻烦呢？

　　男人真奇怪啊，看着也是有正经工作的人，一大清早挤公交，不可能就为摸别人的腿吧？就是临时起意，就摸？脑子坏掉了。

　　不过每天坐同样的车，去做同一份工作，脑子是容易坏掉吧。

　　那你也不能摸我啊，我今天是有事，要是没事，一定跟你去公安局，调监控、发微博、找媒体的朋友，到时你连如今这样你不想要的生活都没法儿拥有了。

但是我今天有事，也不只今天有事，这单 case 已经搞了这么久，客户搞我，老板搞我，同事也搞我，连印厂的人都不给好脸，但是我必须把这件事做完啊。

你说做完这件事有什么意义吗？没什么意义。会改变世界吗？会让人注意到吗？甚至会促进销售吗？都不会。

那怎么办？你要我怎么办？不做了吗？

所以啊，你们不要再义愤填膺了，别喊了，那位坐在原处多次作势要打那个色狼的大哥，也别再说脏话了，真的太难听了。你骂一个人"婊子养的"，我实在无法相信你能比他多尊重女性多少。

你们真的是为了正义吗？真的那么看不惯一个女人被一个男人摸了腿吗？无事可做吧，车里太挤了吧，这样的早晨，总是一样的早晨，应该有所变化吧。

那你们自己去找，自己去变，别烦我。

别再拿手机照了，你不也是在照我的腿吗？

我还有事，我还有生活，我还有一站就到了。

今天签合同，马上要结束了。马上又会有新的事。下班去喝一杯，明天早上可能还要搭这班公交吧。

太累了。

我没有精力再投入到一件意外中去了。

"麻烦让让，我要下车了。"

死神仙

　　消息是一点点传开的，有消息之前就先有了传言。历来如此。

　　先是登门拜访的人抱怨说见不到张老师了，都是老师的徒弟接待，转达老师的批语和祝福。到后来连徒弟都见不到了，给的说法是老师要进山闭关，几时回来不知道。问："那我这条命谁给管管啊？"也没人回答。从此就有了传言，有说是泄露天机太多，遭了天谴，也有说是不再留恋人间，终于成仙了。

　　张老师在这个城市里已经做了二十年的活神仙，是人们排队求见的人生导师，是城北斜土路成辰胡同53号那个小院里照亮众生前程的灯塔，是一切问题的答案。关于张老师的传说太多了，在这个城市生活，身边隔五个人，就有一个命运被张老师改变过。开出租的董川，听了张老师的话，改行开大车，上班第一天就从广播里听到了出租司机被杀的新闻，当然就是接了他班的那个。"一把刀"文刀刘从53号院出来那天就开始平步青云，做到了市医院的院长，已经几年没上过手术台。本地最大的黑社会头目李全志也是张老师的好朋友，张老师给他批过什么没人知道，反正他一直风风光光活到现在，而且平安。

找张老师"看看"的规矩没那么大，也不难。张老师每个月初七、十六、二十五开门迎人，这日子也不那么准，比如这个月初七要是个星期一，那有可能初六也开，大家都说张老师心善。日子不准也不要紧，你要留心想去，在前一天总会打听到，真耽误了，就等下次，算命没有那么急的。

到了日子就去成辰胡同53号小院门口排队，早去，拿号。门口会有个老头儿负责发号，腿有点儿残疾，说本来是个乞丐，张老师看着可怜，收留了。也有说是张老师算准了这老头儿八字旺自己，留在身边可保一生平安。反正只要跟张老师沾上了，总要有些传说。

人不多就去屋里排队，人多就在院子里，有小凳子，到了号就往里厢走，门口有个矮墩的徒弟，门上有白布帘，徒弟掀开布帘，就见张老师了，见着张老师，一切就都有着落了。

但是人们再也见不到张老师了，消息是从医院传出来的。

本来是个小手术，有说是疝气，有说是阑尾炎，还有说是张老师福至心灵忽然要割包皮，反正是要做手术。张老师除了算命，当然也是常常要治病救人的，据说每年还会有人来请张老师去北京发发功，为国效力。有这般手段，上医院实在是折寿。

好在有文刀刘安排，看病的事不会走漏风声，结果张老师死在了手术台上，这就瞒不住了，再说，给谁瞒呢？有说是文刀刘亲自主刀结果技艺生疏了，有说是张老师自知必死无疑，上手术台本来也不是治病，就是安乐死。总之，神仙死了。神仙一死，就成人了。儿子从国外飞回来，张老师手机被打爆，有女徒弟，有算过命的女施主，哭爹喊娘、哀婉凄楚，问张老师去哪儿了，张老师是不是放弃我了，张老师还欠我们很多修行。

张儿子在国外做生意，娱乐行业，大亨，好莱坞，操持宣发公司，结了婚，女友无数。张儿子说："三件事：第一，我爸和一身造诣已经归天，张家人不再干这行，请大家成全。第二，53号院还可以在，徒弟们得了真传就好好用，造福百姓，收入张家不过问。第三，道佛事凡人难以理解，我爸生前有些修行上的事，涉及了别人，难免风言风语，那些打电话的人，要处理好。老爷子是活神仙，死了，要体面。"

这第三，是跟李全志说的。

这个城市里关于李全志的传说，仅次于张老师。多少条人命，多少钱，多少种关系。李全志常出现在张老师身边，不是53号院，这是办公场所，李全志是入幕之宾，跟老师交情匪浅。他跟手下人就提过一次张老师，就说了一句话："命的事，你们懂吗？你们不懂。"

李全志听了张儿子的要求，点了头，赶在追悼会之前把事儿办妥，找人，拿钱，封口。有徒弟不同意办追悼会："老师怎么能是死了？老师不能死，老师是成仙了，老师必须得成仙啊，当天祥瑞之兆我们都想好怎么说了。"又跟张儿子说，语气近乎哀求："追悼会一办，可就全完了。"

张儿子说："成不成仙随你们说，追悼会也只是个通知，告诉大家我爸不在了。我爸生前喜欢让人猜不透，我不想他现在还被全城念叨，我得告诉大家张老师不在了，都散了吧。"

追悼会当日来了很多人。大家静默恭送，张儿子扶着话筒讲了话，大概内容有三个，一是喂喂，二是谢谢大家能来，三是张老师本不至于死的，为了谁死，希望大家别忘了。

正到哀痛处，人群出来个泪人，美而俗气，手里挥着一个粗糙的大红福袋，上有八卦图样。泪人说："张老师，逸然，你就这么走了？不是说好了一起成仙吗？逸然，你为什么放弃我？我跟你不只是修行，我们有感情啊……"

话说到这儿，李全志派手下把人拖走，场面大乱，李全志尴尬地看看张儿子，张儿子停了一下忽然发作，叫一声："阿弥陀佛，百无禁忌，你们吵什么！"

众人惊住，张儿子开口竟是张老师的声音。

张儿子把话筒拿起来，继续说："我本已到了天门，放心不下回来看看，果然出事。刚才那女人是我生前降服的妖精所化，你们竟被她蛊惑！"

众人震惊安静。

张儿子顿足："你们伤我的心啊！"

在前排的矮墩徒弟慌忙扑倒在地，大哭道："老师，徒儿无能啊。"

屋里忽起阴风，矮墩徒弟好像被人扶着站了起来。

张儿子："这也不怪你，还是为师修行不够，让这妖人有了可乘之机。人间无可留恋，我去也。"

众人反应过来，大叫张老师别走，有动情的带头跪倒，很快从大厅向外延伸，人们相继拜服，好似演唱会歌迷自发组织的快闪。

张儿子："人各有命，我本该早早升天，奈何心软，为这一城人逗留人间，如今再不能等。诸位的感情逸然心中明了了，今后我的大徒弟会继续帮着大家，散了吧！"

说完张儿子颓然倒地，众人缓不过神来，纷纷热泪盈眶，李全志扶了张儿子出去。

张儿子、李全志上了车，车队迅速开到张家一处宅邸。车上李全志问张儿子："张老师没死？"

张儿子："李老板不信我爸成仙？"

李全志："那句歌词咋说的，你爸，在人间已是仙。"

张儿子："哈，我爸就在后面的车上。"

那闹事的泪人已经被绑好了坐在沙发上，头上套着麻袋。李全志和张儿子跟着满面春风的张老师走进来。

张老师："快解开。"

李全志手下看见张老师已经一慌，解绳子比平时慢了好几秒。那泪人一见张老师眼泪更盛，张老师没让她说话，沉声说："她跟我走。我去了美国，也总要有人照顾。"

李全志笑："这都是你们爷俩安排好的？"

张老师："顺水推舟。"

李全志："不仗义，就我不知道？"

张老师："除了我俩，也只有我大徒弟知道，这女的也不知道。这些手段，越真越好。"

泪人已经扑上来，张老师揽在怀中，完全不在意旁人的眼光，一派仙家风范。

李全志："老师干吗非得假死？就说金盆洗手，去美国养老不行吗？"

张老师："那样，就不是神仙了。"

那边矮墩徒弟上台宣布追悼会结束，已经有人开始叫他李老师，开始预约下次算命。大家心里明白，再过一个小时，张老师的传说就传遍全城了。53号院还将是永远的灯塔。

留下过夜

这故事我是听一个朋友讲的，朋友是个空姐，香港人。

我不知道她叫什么名字，只知道她常飞国际航线，爱好是到世界各地跟各种各样的男人睡觉。我们就是这样认识的。

她网上的 ID 是 K，聊了几次，她正好飞来我在的城市，我就邀请她来我家，她说她不在男人家过夜，只能我去她的酒店。于是就去了，见了，睡了。

完事后很晚了，我就问她介不介意我在这里过一夜，没想到她很不乐意的样子。我就挺不高兴，抱怨了几句："不是聊得挺好的吗？刚才也没见你不满意啊，再说你早去我家不就得了。"她叹口气，说："你们都一样，这故事我都讲烦了。"

我："什么故事？"

K："就是我为什么不去男人家过夜，你确定要听吗？你肯定要听，你们都一样。"

K就讲起了她的故事。

"那是两年前了，我从飞美国的航线调去飞英国，就约男仔喽，就在Facebook上找到一个，很靓仔啊，又有品位，听的音乐、看的书都很不一样，就聊天。他不喜欢讲话，感觉英文还没我好，就是我问什么讲什么，说住在郊区，有好大一间屋，问到工作什么的也讲不清楚，我也懒得理，客气问一下而已，他做什么关我什么事，长得帅就好了。你不要不好意思啦，我现在不那么花痴啦。

"然后我就要飞去英国喽，前一天想先打个电话好了，声音也很重要嘛，接通了就听到那边好静，然后他还在喘气，我就开玩笑，问你在干吗啊？是不是约了别的女孩啊？他说没有，就自己一个人。我说我明天晚上到英国哦，他说好啊，你来我家，我说好，去看你的大屋。就这么约好了。结果第二天飞机晚点，到英国都半夜了，我也太累了，就说去不了了，明天再说。然后第二天倒时差，还是很累，他又住郊区，我就说干脆你来找我啦，然后他就不愿意，我就说我酒店也很好啊，你家真的太远了。没想到他很不高兴，死活非要我去他家，我哪是那么好讲话的人，我就说你爱来不来，最后他还是来了。真是很帅，本人也帅，就做了，但做的时候感觉很怪，很别扭，又因为之前不高兴，就没那么多话讲。他又跟我提他开了车，可以载我去他家，我就觉得这英国人真的有毛病，我本来就很讨厌啰唆麻烦的男生，就赶他走啦。搞得我心情很不好。好啦，我不会赶你走啦，我给你讲完你自己会走的。

"然后我就回香港啦，回去把他的Facebook删掉了，反正都是搞一下，没有这件事我都会删掉。结果没过多长时间，就发生件奇怪的事。"

K说到这里忽然靠近我，指着下巴给我看："你看到这里的小疤痕了吗？"我点点头。K接着说："我回到香港没几天，下巴上，嘴唇上，整个嘴巴这一圈都开始长东西，说水疱不是水疱，也不疼，也不痒，但是越长越多，我就很害怕，去看医生。医生化验了半天，很奇怪地看着我，也不说话。我就更害怕，说：'医生，这个是不是很难医？到底是什么东西？'医生说这个倒是不难医，只是太奇怪了。然后他又不说话，我就急啊，我说你说啊。医生很为难，说：'小姐，活人不长这个东西。'"

K说完了就看着我，我一下慌了："什么意思？"

"还能什么意思？就是我脸上长了活人不会长的东西。你不要害怕啦，当时医生表情跟你现在一样，觉得我是死人吗？我比你们害怕多了，我只能问医生怎么会这样，他说他也不明白，问我最近有没有跟尸体接触过。"

我觉得自己脸都麻了，就说："那英国人，是……死人？"

"我都不知道那天怎么从医院出来的，腿软啊，也不敢跟爸妈说。我拿出手机，搜到他的页面，看他的照片，怎么也想不通。想了很久，想到个办法，报警，就报了英国警方，把情况说得尽量清楚，说了他家的地址，还叮嘱他们多带警察去，白天去。"

"最后呢？去了发现根本没有这个房子？"

"不是，这不是个鬼故事，警察去了，找到了房子，也抓到了这个人，然后在他家里搜出了六具女尸，他是个恋尸癖。"

K讲完我"啊"了一声，心里说不出是什么滋味。

K一边摸着下巴上的小疤痕，一边说："有时候我倒希望这是个鬼故事，但是可惜是真的，是会跟我一辈子的事。现在我给你讲完，你又跟我做过，这个故事也要永远跟着你了。"

她放下手，又盯着我笑："怎么样？你还要不要留下过夜？"

大魔师小李

如果有一个地方，人人天生掌握魔法，自然就不会觉得魔法是多么了不起的事，除非发生以下两种情况。第一种情况，他们发现了外面的世界，或者说，外面的世界发现了他们。鉴于这个村子的人历来无知又自甘堕落，有理由相信，当年，是外面的世界发现了他们。

后来的历史也颇能证明这一点。首先是一个国家出于理所当然的恐惧派来了军队，在魔法村一再表示无意与之争斗后，还是被迫出了手，只耗费了当时的村长吃一个苹果的时间。魔法效果很绚烂，村子里其余人为村长鼓了掌，大家从敌人的口中第一次知道了这个东西叫魔法，也第一次明白了魔法真是了不起的东西。

敌方伤亡不算惨重，只是不同程度的烧伤和冻伤，魔法村的村民至今也未能熟练掌握直接用魔法杀人的技巧，这可能是造物主给的制衡，仔细想想，如果他们能直接用魔法杀人，也就不会有后来那些事了。

敌方长官回去后如实禀报了战况，并恳请他的国王罢手，结果他们那个谢顶多年的国王认为，失败只是因为这帮人无能，为了掩饰无能，他们还过分夸大了魔法村的能力，于是全数斩首。谢顶国王派出了八个骑快马的信使，联合了大陆上其他那些充满恐惧和野心的国家，又来了一次。他们来时，村长很生气，嘟囔了一句："还让不让人吃苹果了！"然后就施了法。

冰火之中，一半人倒下，另一半人投了降，签了条约，从此魔法村被奉为神界，那个谢顶多年的国王在村子四周派兵把守，说是保护神界安全，审查往来行人。暗地里，谢顶国王则重金聘请魔法村里愿意抛头露面的人出去帮他打仗，当年纠集来的大陆上的其他军队很快就被他和他的"神军"打服，谢顶国王成为大陆上唯一的霸主。称霸之后，守在魔法村周围的士兵多了几倍，除了表达着谢顶国王的担忧，他们终日无事可做，最多收一收来参拜"神界"的信众们的门票钱。

魔法村内更加无所事事，喜欢抛头露面的，都去了皇宫，名头都是大祭司、国相、护国法师一类的，据说他们的日常工作也就是在谢顶国王的生日宴会之类的场合上表演两个火球术，听一听稀稀拉拉的掌声，提醒自己魔法是件了不起的事。毕竟战争年代已经过去了。

能让魔法村的人认识到魔法原来是一件了不起的事的另一种情况，是小李的出生。小李天生不会魔法。

小李出生那年，国王已经是谢顶国王的孙子了，"魔法村"这个名字早已无人使用。"神界"封闭、高贵、死板，已经多年没有大事，小李的到来成为一件大事。小李三岁那年，村中长老为他开启"神力"，这个仪式也是魔法村成为"神界"以后才有的。魔法都是天生的，要到三四岁才能使出来，这就跟普通人两三岁学会走路说话是一个道理，只是成为"神界"后，自然不能再像普通人学走路说话一样靠生物本能，而是要有隆重的仪式，显示一位新的"神界"居民正式来到了世间。

仪式内容其实很简单，找村里这一拨两到四岁的小孩儿，这些孩子一般都是在家里用过魔法后父母才送来的，保证万无一失。他们集中到法殿，由长老说两句没有法力的咒语，走个过场，就算完成，和这世上大部分仪式一样。结果小李出了问题，在家里就没用出来，父母怕他被人歧视，瞒着长老就送来了，寄希望于小李这孩子能懂点儿事，给长老一个面子。

长老很没面子，先把小李不会用魔法的消息封锁了起来，然后调查小李是不是他那年轻的妈妈跟村外守军的私生子，用上了搜魂术之类的办法，最终证明小李是纯粹的魔法村血统，不会魔法，没有任何原因。

"可能是发育不良吧，"长老谨慎地下了评语，"再等两年？"

两年后小李还是不会魔法，长老秘密派人通知了皇宫里的大祭司、国相、护国法师，他们给的意见是："这孩子得离开'神界'。"

他们给的解释是："如果被人知道了'神界'有不会神力的孩子，'神界'的地位就要动摇，'神界'的待遇就要变差，外面的守军说不好就要变成敌军，'神界'不再是'神界'。"这些在皇宫多年的人已经知道了世界运行的规律，也已经学会了畏惧。村长啃苹果的气势不会再有了。

长老转述这些解释时，语气依然很谨慎，小李父母的反应倒是很平静："离开就离开吧，我们跟着孩子一起走。"

长老说："这我得去问问。"

小李的母亲说："别问了，要是不让，我们就谁都不走了，逼不得已，'神界'也不再是'神界'。"小李的父亲在一旁没说什么，眼神依然平静。

长老谨慎地想了想，说："你们走吧，但要答应我一件事，出去了不许再用魔法，不许说自己是'神界'的人，不然，我也有逼不得已的时候。"

小李一家点了头，离开了。街坊邻里住在"神界"多年，自然学会了冷漠，没有人来送行，所有人都觉得他们的离开理所当然，为了"神界"，这点儿牺牲算什么呢？

小李不太理解发生了什么，也没有愤怒，他心里只是难过，费解。他还没有明白世界运行的规律。

小李一家离开"神界"后，日子过得很不错，临走时长老给了一大笔钱，对于"神界"来说，钱是最不值钱的东西，值钱的是名声。小李一家要隐姓埋名，不再使用魔法，更不能让外面知道，"神界"里出了不会魔法的人。

头几年，他们只是四处游玩。大陆已经和平了几十年，有"神界"的威吓，各邦国暂时放弃了对权力的野心，削减军备、开放边界、通婚通商，在这样的大陆上，有钱就可以过得很好。有一回小李的父母在海边晒着太阳，不约而同地想到："离开'神界'，其实是件好事。"

小李不这么认为，小李进入了青春期，开始思考人生和世界的意义。他对"神界"的记忆很淡，不像他的父母，他们在那里生活得太久了。小李在莫名其妙的状况下，被那样的生活抛弃了。

"我还是要学魔法。"小李说。

在刚离开"神界"的时候，父母试图教过他魔法，但是失败了，他们实在不知道这东西该怎么学。人人都是生来就会，没人清楚魔法的原理。为什么小李就不会呢？没人知道为什么，没有答案的问题，只能归结为命运。

小李今年十六岁，再次要求学习魔法，他的父母很不解。潇洒而又富贵的生活可以磨灭一切不平不忿，他们问小李："为什么要学魔法呢？这样的生活不好吗？"

小李的想法则简单得多："你们不觉得会魔法是件了不起的事儿吗？"

小李的妈妈说："就算了不起，我们也不会教啊。小李，这世上有很多没办法的事情，你得学会接受。"

小李说："总会有办法的。"

于是每天晚上，小李的父母就在自家的大宅里偷偷为他展示魔法，然后，小李来想办法。他买了一大堆化学材料，机械装置，还有杂七杂八的书籍。"是不是魔法不重要，只要看起来是魔法，不就是魔法了吗？"小李作为这世上第一个靠后天学习来掌握魔法的人，为自己找到了正确的方法。

这么学了两年，小李十八岁了。十八岁的小李用魔法打败了自己的父母。父母很惊讶，儿子在一堆瓶瓶罐罐、破铜烂铁中间，居然真的掌握了神赐之力。

"这不是神赐之力，这是我自己学的，这个也不能叫魔法，"小李从空中缓缓落下，收起了掌心中变换身形的光龙，灭了身上的绿火，说，"我这个，就叫魔术吧。"

在独立发明魔术和看书的过程中，小李的想法变得不再那么简单，他觉得，自己既然被安排了这样的命运，那就要去看看这样的命运会怎样展开。

　　小李独自回到了"神界"。父母对"神界"还是没有任何怀念，坚持在大陆上继续旅居。小李临走时，母亲说："你回去就知道'神界'有多无趣了，看一眼赶紧回来吧。"显然她还不知道自己的儿子已经快度过青春期了，关于人生和世界的思考，似乎已经有了他的答案。

　　在当年仪式失败的法殿上，小李展示了他的魔术，长老和"神界"居民们十分震惊，小李展示出的魔法效果，"神界"无人能够达到。小李提出想在"神界"住下来，长老这次没有问大祭司、国相、护国法师，长老觉得，以小李的魔法，他要非留下也没人赶得走他。

　　小李就此住了下来。刚开始，只是很多"神界"的孩子来找小李讨教魔法，小李说："你们会的那个才叫魔法，我这不是。"孩子们不理会，都说魔法不如你这个厉害啊，要学你这个。

　　后来，冷漠的父母们慢慢发现，自己的魔法已经不能击败自己的孩子，就也来请教小李了；再后来，连长老都来跟小李学了魔术。

　　小李一边思考着命运的去向，一边教大家魔术，在"神界"住了五年。五年过去，"神界"已经没有人使用魔法了。有一天，小李让一个邻居使个火球术看看，邻居低头想了半天，说"忘了"。

　　这件事不久之后，长老在一次莫名其妙的事故中身亡，小李理所当然地成为新的长老，居民们都叫他"大魔师小李"。

　　小李二十三岁这一年，谢顶国王的孙子派来使者，说宫中需要新的大祭司、国相、护国法师，希望"神界"派来最优秀的人选。

　　大家都觉得小李应该去，又都不舍得大魔师离开"神界"，他们都知道小李还隐瞒着许多魔术没有教给他们。

而小李考虑的则完全是另外一个问题，一个比魔术更加需要隐瞒的问题。小李看着"神界"外面的守军，看着守军身后和平了几十年的大陆，心里犹豫着，要不要把"神界"已经无人会用魔法的消息告诉谢顶国王的孙子。要不要把他自己的命运，变成"神界"的命运，变成整个大陆的命运。

预言家

　　夜晚在山林中赶路的乐趣，不是什么人都能享受的。像这世上所有需要冒一定风险的乐趣一样，它不属于那些生日愿望会说"希望一生平平安安"的人。能享受这样的乐趣，要么本领过人，自信没有什么算得上危险，要么心态洒脱，不过分珍视生命。大魔师小李就符合这样的要求。因为这个要求不算低，所以小李也没想到会在这月下密林中见到同路人。

　　那人举个火把，匆匆疾行，神色倒不慌张，只是眉间心事重重。百分之十警惕，百分之九十是好奇，小李跟他打了个招呼。

　　那人也没停下脚步，也没看向小李，自顾自地说起来："你叫大魔师小李，等你听完我的故事，我们就各自赶路。自我介绍一下，我是一个预言家，能看到一些未来的事儿。"

　　小李听完愣了一会儿，笑了："那我现在应该是什么反应？"

　　预言家也笑："就是这样的反应。我们一边走一边说。"

　　两人都放慢了步速，小李用了些手段，一个淡黄色的光源飘上二人头顶，预言家熄灭火把，算是有了个讲故事的氛围。

预言家："我也不知道我为什么会有这样的能力。不是天生，也不是后天学习了什么占卜星象水晶球，就是忽然有一天做梦，梦到我爸被狗咬，然后第二天他就被狗咬了。没过两天，我在走路时忽然看到——总是这样，没有任何征兆——邻居家进了凶犯，反抗时全家被杀。我一下吓住，不知该怎么办，犹豫了一会儿还是往家赶，一边跑一边喊人，最后救下一个小女儿，她父母已经死了。那凶犯好像是为报仇而来，邻居父亲当年杀了他的妻儿，这种事儿，谁也说不清。"

小李："这么想你会轻松一点儿吧。"

预言家："什么？"

小李："想邻居父亲也算该死，这样你没有救下他们，心里轻松一点儿吧。"

预言家："也许吧。因为没有尽快赶回，我就也没敢说自己预见到了这祸事儿，我怕大家不信我，又怕他们信了怪罪我。但后来终于还是没瞒住。"

小李："你要心软，这就是瞒不住的。"

预言家点点头，眉头紧蹙："那件事儿过去不久，有一天我喝水时看到杯里光影浮动，我把它平举到眼前，看到杯底是我们的村子，中间是布着乌云的天空，最上面出现一颗流星，它拖着红光穿过乌云，坠在村子当中，砸垮了村长的房子；冲击波散开，我最喜欢的水杯也报废了。简单包扎了一下手，我就去把这件事告诉了大家，硬把村长和他久病卧床的老婆拖出了房间。流星落下，从此，大家都知道了我的能力，很多人当我是神。

"但其实我根本不会预言，都是突然出现，有时是梦，有时是水，有时就在一页纸上显出字来，有时是风声变成低语，告诉我即将到来的不幸。我觉得我有了这样的能力，就有责任保护我的村子，村民们更加这样认为，从此我什么都不用做，住在他们给我修的屋子里，'占卜未来'。"

小李："你过的是半神的日子。"

预言家："嗯，过了两年这样的日子。后来我又预言了毁掉农田的怪鸟，它们浑身斑斓，眼神可爱，但是掠过哪里哪里就什么都不剩。还有杀死所有牲畜又传染给人的疾病，这病闻所未闻，牲畜死前，会用人话交代遗言，人得了，会冲月狗吠而亡。我还预言了火灾、洪水、地震，每一次我都救下很多人，但还是有人不可避免地死去。"

小李："两年时间，人们的想法会有很多改变。"

预言家伸手揉了揉眉间，点了点头："我最后一次'预言'，是梦到村民们要杀掉我。他们已经不觉得我是预言家了，他们觉得是我带来了所有那些灾祸。"

小李："应该的。"

预言家："你说，人是不是都是这样不知满足、忘恩负义？"

小李："是。不过我听完你的故事，也希望自己不要出现在你任何一个梦里。"

预言家苦笑一下："所以刚刚就说了，我们各自赶路。"

小李："我们各自赶路。"

像所有村子一样

　　大魔师小李去国都的途中经过了一个村子。

　　这个村子本不该在行进的路线上，魔法村成为"神界"以来，每天都有大批信众前来朝拜，人来人往，从国都到"神界"的这条路早已经是大陆上最繁华的商路；大陆上所有的大事小事，除了事发地，这里是最快知道的。大陆上所有的男人女人，除了自甘平凡的，都在这里。

　　所以小李不想走这条路。一来，他看够了热闹。二来，想到自己可能将要改变大陆的命运，他害怕看了这些繁华景象之后，心软。

　　于是小李走了一条很偏的路，并坚持不带随从，他让信使通知谢顶国王的孙子，等他走够了，自然会去出任护国法师一职。他需要在这条路上思考很多问题。

　　小李是半夜到的这个村子，刚进来时他就觉得很奇怪，这里的夜晚太安静了。他凭着多年旅行的直觉，挑了一户人家，敲开了门，拿出了不少钱，请求借宿一晚。

开门的是个老头儿，眼皮低垂，嘴角更低垂，看着小李抽动了两下鼻子，没说任何话，也没有让小李进去的意思。小李正在犹豫要不要施一些魔术时，一个中年男子满脸堆笑地走过来，接了钱，把小李让了进去。这男人跟老头儿长着一模一样的脸，却是完全相反的表情，让小李感慨遗传的奇妙。

第二天起来，小李觉得这个村子更怪了，他发现这村里的老人都像他昨晚见过的老人一样，脸低垂，情绪低垂，人生低垂。不光对他冷漠，他们互相之间也几乎从不看对方，明明是这么小的村子，街上却不停地演着形同陌路的戏码。但中年人和小孩儿们又都很热情，比如小李住的这间屋里的小女孩，她是那阴郁老人的孙女，保持着和爷爷一样的行为习惯，见到小李也是先抽动了两下鼻子，然后笑出来，问："你好，我爸爸说你是'神界'来的。"

小李："是。"

女孩："我还没有离开过村子，我爸说外面很好，很热闹。"

小李："热闹不一定是好。"

女孩："我爸爸去过外面，他还给我买回来很多玩具和书呢。"

小李："嗯。"

女孩："我有一本讲'神界'的书，说当年那个爱吃苹果的村长因为钦佩谢顶国王，所以用魔法帮国王统一了大陆，你也会魔法吗？"

小李："现在已经没有人会魔法了。"

女孩显然不懂小李的意思，跑到屋里，又跑出来，手里拿着一本翻开的书，上面有张狗的插图，女孩问小李："你见过真的狗吗？"

小李这才明白过来自己一直觉得不对劲的地方是什么，作为一个村子，这里为什么一条狗都没有？

小李："你从小就没见过狗吗？"

"哈哈哈，别说她了，我从小都没见过，"女孩的父亲笑着走进来，"您是'神界'来的啊？我给您讲个神话故事您愿意听吗？"

小李点了点头，那人又讨好地笑了笑，开始讲故事。

"从前有一个村子，像所有村子一样，家家都养狗，人们对狗也颇有感情，狗对人就更是了。忽然有一天，狗得了狂犬病，开始只是一两条，后来扩散到全村。它们变得狂躁，眼睛滴血，攻击人。人们商量了一下，像所有村子一样做出了正确的决定：杀掉所有狗。"

那人讲到这里又笑笑，让女儿出去玩儿，又问小李喝不喝水，小李说谢谢不用了，差点儿说出你不用这么殷勤。

那人接着讲："行动前一晚，人们不约而同地去跟自己的狗道别，做最后的亲近，结果，狗们不约而同地先行动了。那晚，人杀死了很多狗，狗杀死了所有人。第二天，狗们的病症开始减退，第三天，病痊愈了，第四天，狗们开始饥饿……几天过去后，村里也就没有人的尸体了。狗们游荡在这个没有人的村子里，心里有悔恨，和一些自我辩解。它们终日回想着自己主人生前的样子，就这么游荡着，几年过去，每条狗都变成了自己的主人。它们是人的外形，人的习惯，它们互相结合、产子，过人的生活。但是它们互相厌恶，它们不敢看彼此的脸，这些脸，有的曾经想杀死自己，有的曾经是自己的食物。当然了，它们最讨厌的，是自己的脸。"

那人讲完，继续笑："现在这村子有了第二代、第三代，后代们早就没有那么严重的心理问题了，眼角低垂给谁看呢？还不都得向前看吗？不过后代们多少还是有些顾忌，至今都没养狗嘛。您从'神界'来，您说说，这村子的后代们算人算狗？这样的村子存在于世，能得到诸神允许吗？"

小李也笑了："在这片大陆上，有几个存在是经过诸神允许的呢？"

小李走到门口，招呼那女孩进来。

小李："你知道我叫什么吗？"

女孩摇摇头。

小李："你想见真的狗吗？"

女孩点点头。

小李："我叫大魔师。"

小李施了魔术，地上多出了两条小狗，村里其他地方也忽然传来了此起彼伏的狗叫，还有一些老人的惊呼。

小李说："还是养狗吧。像所有村子一样。"

困兽

　　飞机已经晚点两个小时了。空乘刚刚过来对他说："对不起，李先生，接到机场通知，我们的飞机还要再推迟一段时间才能起飞，实在抱歉。"

　　"没事。"小李支吾了一声，把空乘打发走。

　　大家都叫他小李。小李不是人，小李是一只鸟。当然现在只要他不掉毛，旁人是看不出来的。他修出人形那年，飞机还没有实现民用化。今天，是小李第一次坐飞机。

　　虽然大家都喊他小李，但其中大都不知道他是只鸟，比如他们公司里帮他订机票的人，还有他新交的女朋友。只有少部分人知道他是只鸟，但他们并不知道小李会来坐飞机。这是小李下了功夫瞒住的，这事儿要是被那些东西知道了，至少要被嘲笑两百年。

　　小李并不怕被嘲笑，小李怕麻烦。"你一个鸟，为什么要坐飞机？"这还算好的，肯定还会有一些更深入的揣测："他是不是根本不是小李啊？骗了咱们几百年？""可能是他的修炼方法不科学吧，成了人形，结果不会飞了？""别不是跟那个什么叫飞机的东西有了感情吧？痴情的妖怪可不少见，不过长得像小李这么丑的还真没听说过啊。"

小李不想跟他们解释，再说有的语言还不通。

小李就是想坐坐飞机，就这么简单。小李发现，人们不愿意相信简单的事儿，似乎相信了简单的事儿，自己那点儿智商就被浪费了。小李很替他们难过。

比如现在，飞机晚点了两个小时，困在飞机里的人一个个都好像遇上了人生中最委屈的事儿，吵闹、发火、逼问空乘为什么、提种种无理要求。小李不明白，难道你们踏上这班飞机之前，人生就那么顺利吗？按小李这些年来的观察，这是不太可能的。人世很艰难。但正因为人确有些真正的艰难，小李觉得，因为被困住两个小时就生出怨气实在太低级了。这些人对人生到底有没有清醒的认识？可能真是活的年头太短吧。小李又想，那我修了这么久，怎么最后却落到要和这些低级怨气混在一起？这实在有些挫败。不过小李是不会因为这点儿小事生气的，小李对人生有清醒的认识。

何况他也没什么急事，他就是想坐坐飞机。

头等舱里的气氛比后舱稍强一些——第一次坐飞机，小李决定对自己好一点儿——有一个人在打电话安排工作，邻座的男人在看着报纸不停抖腿，其他人全在玩儿手机。小李想，有钱似乎真能让人体面一点儿。

"李先生，需要什么饮料？""冰水，谢谢。"

"陈先生，您需要什么饮料？"刚刚打电话安排完工作的那个人放下手机，跟空乘说想再喝杯红酒。

"很抱歉陈先生，今天航班大面积延误，红酒储备不足，您刚刚已经喝了一瓶，现在机上没有红酒了，实在是不好意思。"

陈先生很生气，多少还有点儿难堪。小李的判断出了错，这些人只是比后面的人多体面了一会儿。陈先生跟空乘吵了起来，其余的人受了鼓舞，也纷纷附和了不满，个个都声称自己的人生被严重耽误了。其中，小李邻座那个不停抖腿的男人最让人刮目相看——他从怀里掏出了手枪。

这人丢下报纸，一把揽过空乘，大喊了几句，大意是，我是来劫机的，我实在等不了了。他出了很多汗，还甩进了小李的冰水里。场面十分尴尬。

刚刚还在吵闹的机舱终于安静了下来。"这回你们可能才算是遇上了人生中最委屈的事儿吧。"小李想。

"我等不了了，我等不了了。"拿枪的男人不停重复，被他揽住脖子的空乘一脸惊恐，或许还有点儿费解：真的不能再等等吗？

"真的不能再等等吗？"小李也这么想，"看来今天是坐不成飞机了。"

小李叹了口气，觉得人世真是挺艰难，想简简单单坐个飞机都能碰上这么多事儿，这要是传出去了，至少要再被嘲笑两百年。

"您好，请问这个窗户能打开吗？"小李指指旁边的机窗问被揽住的空乘。空乘摇了摇头，但眼神明显还没反应过来。

"那飞机门能开吗？"

"能……能开。"空乘还是没回过神来，那个拿枪的男人倒是反应过来了，他把枪口指向小李。

"你要干什么？"

"我要自己飞出去。"小李声音不大，边说边站了起来，向舱门走去。

"再走我开枪了!"

小李感觉很累。他回过头，发现所有人都在看着他。小李跟这些困住的人说了最后一句话。小李再也不想和这些困住的人说话了。

"你开枪，我也还是要自己飞出去。"

我们说了沉默就沉默到底

　　她有一段长达七年的混乱感情，十八岁到二十五岁，作为一个中年男人的附庸，或者说作为一种男性魅力的附庸。金钱、智力、体力全面占优，他走过来，她就靠过去，他叫她小公主，她就哭，他说我没说过你是我女朋友，她就难受，就点头。七年后在一个夜场，小姐脱光了上衣用见惯世面的胸埋掉他的脑袋，音乐俗闹，冲胸口来，动次大次动次大次，七年就这么过去，终于罢休，从此断了联系。她写，七年也不过是几个秋。

　　丁戈发现她，就是看她在微博上写了这个故事。一个相熟的朋友转过来，她叫吴能。

　　还没认识，相貌不知，已经见识了这段奠定她人生基调的感情。丁戈在朋友微博下留言："写得真好，关注了作者，并决定永不搭讪。"

　　朋友回："得了吧，怎么还学会装了？哦，你一直都会哈哈哈。"

　　丁戈回："我是怕让人家失望。"

　　丁戈翻了吴能的相册，好看，中年男人既然腾出了七年的时间，那必然是好看的。丁戈信赖中年人的功利心。

"你好啊。"吴能回。

"你好，写得很酷，喜欢你。说了永不搭讪就永不搭讪，这是我们最后一次说话。"丁戈回。

丁戈说话轻浮人所共知，为人是否轻浮尚存争议。说"喜欢你"是借着社交礼仪向前了一步，说"怕让人家失望"倒是真情实感：不搭讪可能是一种技术选择，人家什么没见过呢，她的世界观有过一位设计师。

再说，"永不搭讪"作为一个故事的开头多么别致。

吴能没有再回复评论，一个新粉丝，吴能加了丁戈。

那天对话的收尾是朋友回复丁戈："越来越能装啊你！"

丁戈对这种礼貌性攻击十分受用。他又看了会儿微博，打开一个电影，又回来看看微博，起身喝水，躺下，回了两封工作邮件，给猫加水，把电影看完，分享到微博上，打了四星，写了两句评论，改了三次，发布，刷新首页，看到吴能发了微博，分享了同一部电影，标记了"想看"。

然后吴能又发了一条，分享了另一部电影，打了五星，丁戈跑去标记了"想看"，分享到微博。其实这电影丁戈看过。从看完她的七年到现在大概过了一部电影的时间，他们就已经拥有了第一个彼此间的秘密，丁戈感到满意，感到自己适合做一个轻浮的人。

丁戈的工作也是这么要求的，他做医药代表，工作内容就是开着车去拜访医生、药店，后备箱里有时装着U盘、笔、皮套笔记本，有时装着月饼，反正都是最后会被丢掉的东西。不会被丢掉的是丁戈承诺的返利，和辛苦维护的交情。有多辛苦呢？丁戈喝醉了会对人说："李医生，像您这么好的医生真是不多了，我每天见多少？说句难听的，我真得了病，死也得死你手里。"

李医生："小丁骂人是不是？我能让你死吗？真死了那也是你们这个扩张球囊有问题啊哈哈哈。"

丁戈："怎么可能，我们这正规的外企，李医生你真是……"

李医生："那就还是我有问题，什么意思嘛，行行行……"

丁戈："哈哈哈我有问题我有问题，我保证不死行了吧哈哈哈，我干了啊。"

丁戈酒醒了会自我安慰地想，今时今日，不可能只有我一个人如此轻浮，我是替时代轻浮。

丁戈摸过手机，看到吴能说："外面下雪了，其实我也没看见下雪，就是你们都说下雪了，那就下雪了吧。"

丁戈拍了家里的白墙，发布微博："下雪了，大地一片银白，喜欢白色，喜欢下雪，喜欢踩雪的声音，就是不太好踩。"

丁戈早就想开了，抓着李医生互诉衷肠这种事儿没什么恶心的，但就剩自己一个人的时候，要换一个人，这叫明确自己的社会角色，叫业精于专。说说这些无聊的笑话，是种自我保护。虽然丁戈并没想清楚自己有什么可保护的。

两人的秘密就以这样的形式持续展开，对对联，互相填空，永不搭讪，保持沉默，在自己的生活范围内配合对方。

丁戈发："我不喜欢抱怨的人，钱难挣，屎难吃，爱吃不吃，没人求你吃，反正我特爱吃。"

吴能发："钱难挣，屎难吃，道理是没错，只是不明白，屎为什么越来越难吃。"

确实是越来越难吃，环境不好了，明面上根本没有规则，现在潜规则也不让守了，丁戈过一天算一天，抱怨起来也很含蓄。

丁戈发："今天在街边看到一条狗在猛甩，就是狗那种浑身起范儿的猛甩。好羡慕啊，我也想这样甩一甩。"

吴能发："人类不能像狗那样甩，所以才发明了跳舞吧，今晚很开心。"

配图是光怪陆离中一个很美的吴能，拿着一杯酒。

吴能很少有灰心丧气的时候，或者说是不愿意说，吴能发："跟陌生人分享痛苦未免太娘炮了。跟熟人也是。"

丁戈发："有时候真的觉得自己蛮娘炮的。"

两人拽一根绳子，互相猜劲儿，作为一种暧昧，十分好玩儿，谁要是想再进一步，可能就要冒着失去绳子的风险。

失去绳子的机会来得很突然，这天丁戈路过静安寺，拍了照片，发了出去："一直觉得静安寺像家泰国菜，还是不正宗的那种。"

之后就看见吴能发了微博，很简单："到上海了。"

她到上海了，她在我路过静安寺的时候说她到上海了。丁戈点开了那条微博，评论里有人说欢迎美女啊，有人说来找我玩儿啊，有人说晚上一起吃饭好不好。

丁戈转发自己刚刚的微博，说："嗯，被一个寺庙勾起了食欲，晚上去进贤路吃泰国菜吧。"

丁戈出了全力，绳子绷直了。

吴能没再发消息，丁戈一遍一遍刷新她那条微博的评论，终于看见吴能回复那个约饭的人："晚上有约啦，改天。"

进贤路只有一家泰国菜，丁戈站定在路边，打电话，订到了晚上八点的位。

丁戈发："我 ×，周三用不用这么多人啊，要八点才能吃上。"

时间、地点、人物，只缺最后一个了，丁戈转身看到一面大玻璃，行人往来，丁戈顾不得那许多了。他自拍了几张，选了能看清衣服的那个。

丁戈发："第一次在这种地方自拍，紧跟潮流。"

就绪了，吴能再也没发过任何消息，但是丁戈认为就绪了，他只能这么认为，顾不上焦虑了。在快八点的时候他坐在了订好的位置上，能看见餐厅的门口，悬念因为吴能的守时揭晓得很快，她走了进来，穿了一身白裙。她坐到他对面，像思考后落下棋子，定了大局。丁戈喘口气，终于就绪了。

服务员走过来："二位先看下菜单，有需要叫我。"

丁戈："有什么推荐吗？"

服务员："我们家特色是泰北菜，像猪颈肉、柠檬清蒸鱼都是比较有特色的……"

丁戈："你问问她爱不爱吃鱼。"

服务员一愣，吴能笑出来，冲服务员："我爱吃鱼。"

服务员稀里糊涂地继续说："我们家的咖喱蟹也不错，是用……"

吴能："你问问他爱不爱吃蟹。"

丁戈也笑，冲服务员："好，就点这三个，炒个空心菜，再拿一个椰青。"

服务员冲吴能："女士呢？"

吴能："我要啤酒。"

丁戈赶紧追着说："我也要啤酒。"

服务员："好的，二位稍等。"

丁戈："哎，姑娘。"

服务员看丁戈。

丁戈："你觉得我女朋友好看吗？"

服务员和吴能都笑，服务员："好看。"

两人都决定把那个前提坚持下去，啤酒上来，各自喝一口，看着对方，碰了杯，再喝一口。菜上来，就吃菜，沉默笼罩大地，丁戈感觉比跟李医生喝酒还紧张，就又要了啤酒，吴能也要了。吴能拿起手机，丁戈就也拿起手机。

吴能发："上海真好，菜好吃，人好玩儿，累了，回酒店了。"

配图是手中的啤酒。

丁戈喊埋单，吴能已经起身往外走，没有等丁戈的意思。丁戈看了看，终究没有喊出来。他刷了卡，慢慢穿上衣服，然后看见吴能的手机落在桌上。

丁戈加快了速度，拿起手机追出去，路边迎面一辆出租车，吴能坐在后座。吴能开了门，丁戈坐进去。

吴能拿回手机。

丁戈也拿出手机，发："不知该去哪儿。"

吴能转发了自己上一条微博："我们说了沉默就沉默到底。"

大便传说

我×！太突然了！

忍了一下，没用，肚子猛抽，冷汗一下就下来了，没有缓冲，生物法则不讲仁慈。肯定是昨天的火锅，我就说我不吃，你们非让我，我⋯⋯

顾不上反思了。

我站在马路上茫然四顾⋯⋯

麦当劳、肯德基都没有。不是发达了吗？不是赶超欧美一线城市了吗？

顾不上茫然了。

我步履不停。从腹部到臀部到内部全体紧绷，一瞬间忘了自己为什么在这儿、本来要去哪儿。厕所，此刻你问我为何饱受轮回之苦再次来到人世，我会说，为了上厕所。

"您好，这附近哪儿有厕所啊？"

"不知道。"

"麦当劳呢？"

"自己不会查吗？"

她还推了推眼镜，都市，冷硬现代人，推眼镜是一种自我形象的塑造，一种身份的认可。这人等下就会发条微博（再转发到朋友圈），说："今天在街上碰到个傻×，满脸汗问我麦当劳在哪儿，怎么那么愿意给别人添麻烦呢？穿得跟人似的，智能手机买不起吗？移动互联网不会用吗？满街都是这种人，还讨论什么民主？中国啊，就是个农业国家。"

坚持住，活到三十岁，这也不是第一次了，以前能找着，这次也一定能，三十年，人生有几个三十年。排除法，餐馆、饭店、酒店大堂、机关单位、大树……银行！我推门进去。

"先生您好，办什么业务？"

"实在不好意思，你们这儿有厕所吗？"

"这个我们不对外公开的。"

"那附近哪里有？"

"这我真不太清楚，我们不用外面的。"

好，不难看出，我本身不喜欢这套，但此刻必须融入社会。我翻钱包。

"你看，我是你们行的银卡会员。"

"啊……"

"我还有信用卡，Hello Kitty 纪念版的，今天忘带了，帮帮忙行不行？我真是……"

枪响了。

就在这位四十岁的大堂经理表情松动眼镜片泛出人性光辉的时候枪响了。

她镜片里前景是我复杂的脸，远景是一个黑头套朝我们走来，我回头看。

黑头套："看你妈，蹲下！"

我被推了一把，银行里一阵尖叫，很快又停下，事情变化比我的思绪还快，黑头套的同伴，皮夹克（也有黑头套）一把拉过一个职员，枪指着头，冲防弹玻璃后面喊："开门！"

里面的人愣住。

枪又响，半个耳朵飞到我面前，职员大叫。

皮夹克："开门！下枪打头了！不是你们的钱！"

门开。皮夹克冲进去装钱。

黑头套："都出来蹲好！别你妈喊，配合点儿，很快的。"

警车声。

黑头套："这么快。"

据事后知情人士讲，警察能这么快来纯属意外，这两位对自己有职业要求的劫匪十分钟前出于谨慎在车里试戴了黑头套，被有心人看到，报了警。有心人接受采访说，我从小就爱看福尔摩斯，不过这个没用到福尔摩斯，这个是《落水狗》，昆汀你知道吧？那《盗火线》看过没有？反正就是不对劲嘛，开个面包车在那里互相调整头套，不能是为了时尚嘛。那怎么确定的？你问我我也不知道，就是一种感觉，sense，闻到危险的味道了。为啥有感觉？为啥有味道？我从小就看福尔摩斯嘛，柯南我都不看的。

黑头套朝外放枪，关好门，缩到墙后面，枪指着我们。

警察大喇叭喊："里面的人听着……"

黑头套："听你妈！"

又转头放枪。

又指我们。

黑头套："都给我蹲好！"

我举手。

黑头套："干吗？"

我："我能不能坐好？"

黑头套："啥？"

我："我能不能坐好？我不能蹲。"

黑头套："……啥？"

从第一声枪响到现在过去了大约五分钟，我因为受到惊吓保持尊严的时间大概有两分钟，从皮夹克进去装钱开始生理压过了一切，人的困境，细胞的本能，我们都是基因的奴隶，我要拉屎。

我又举手。

黑头套："你妈，是不是想死？"

我把手放下。

我不能说，我现在说我要拉屎，性质就变了，历史因素全被忽略了，这俩人、被打掉耳朵的那个人、这些地上蹲着的人，除了四十岁的大堂经理懂我，没人会懂我。等到他们被解救出去，等他们与家人相拥之后，等世界的规则重新运转，等属于他们的十五分钟到来，他们会加 V 认证"XXX 劫案幸存者"，他们会云淡风轻地说："那天的事，我不愿意再多谈，我只记得有一个蹲在我旁边的傻 ×，吓得要拉裤子。"

我活了三十年，我一银卡会员，我受不了这个委屈。

皮夹克走到人质这边，观察外面的情况。

三十年了，这次憋屎跃升为全新的生命体验。以前也难受，脚指头抠地板，攥着拳头用指甲扎手心。这次不行了，有幻觉了，背景淡出人声渐稀，我觉得我比漂流在海上的人惨，比困在沙漠的人惨，他们只需对抗自然之伟力，而我，此刻，在这个被劫持的银行里，还要面对人间的守则。

其实现在是不是就是我的幻觉啊：黑头套是喝醉酒总打我的父亲，四十岁的大堂经理是童年缺位、从不保护我的母亲，皮夹克是从小欺负我的那个谁和那个谁，掉耳朵的人是我内心深处脆弱的一面……

皮夹克："你干吗？"

皮夹克踹我一脚，踹到了路过的崔健，崔健唱："像童年的委屈。"

皮夹克："闭着眼作什么法？蹲好！"

大喇叭响："里面的人保持冷静，缴枪投降，从宽处理！"

再憋下去要出事了，"吓得要拉裤子"就要变成"吓得拉了裤子"了，那就全完了，之前五分钟的努力，之前三十年的努力，全完了。

警察在靠近了，皮夹克抓起了大堂经理，枪顶上去，喊："不许进来！我要直升机！"

黑头套也转过去拿枪指着外面："车也行！"

我脑子里两个警察趴在天台上，一个是狙击手，一个无所事事，两人低语："这俩傻×真把自己当人了啊？""打吧。""打着人质怎么办？""反正怎么都会死，坐飞机会死，吃水果会死，跟老婆谈人生会死，去银行取钱死掉了，应该有心理准备吧。"

狙击手开枪了，没打中，也没打中人质，只打中了皮夹克的自尊心。

皮夹克："×！"

杀气弥漫开，我感到了神在召唤我，我抬头，大堂经理的镜片看着我，啊，不是神，是我的母亲。母亲镜片稳定、坚毅，我懂了，母亲也动了，我蹿起来，腹部臀部内部各处肌肉蓄积的能量爆发了。第一个动作，抓住皮夹克的手，他的手很软，第二个动作，枪上顶，扣扳机，皮夹克的脑浆飞出去。第三个动作，瞄准黑头套正在转过来的脸，开枪，没打中，第二枪，黑头套的脑浆飞出去。皮夹克此刻完全倒下，我松手，枪和皮夹克一起落在地上。

我的母亲摘了眼镜，泪水漫过一生荣辱，母亲拥抱我："牛 × ！"

我的耳语和疲惫一同伏在母亲肩头："妈，我要拉屎。"

警察冲进来了，警察喊："都不要动！"

发令枪响，蹲着的人都往外跑。

警察喊："都不要动！"

警察冲我喊："你不要动！"

四十岁的大堂经理变回原形，指着一个方向，我点点头，继续走。

有人喊："英雄啊，他是英雄啊。"

有人站起来了："×，正事没你们，现在比画什么！"

警察很执着，警察受过训练，警察喊："你不要再走了！"

我没有回头，我朝着记忆中的方向走去。

我说："我必须走。"

杀人的不是吕宋

在抓住这个人之前，吕宋，还有这个国家的战火中其他设卡处的军人，都觉得对行人例行检查只是应付差事，没有任何意义，又不得不做。就像这场战争一样。

这个日本人口音地道，说的是附近方言，扮相没有破绽，吕宋本来打算直接放行，多嘴问了句："你哪个村的？""上三门的。""你叫啥？"那人还在思考，吕宋就把他抓了，吕宋就是上三门的。

吕宋搜了身，搜出了地图，简单绑了绑，报告了班长，又押着去见了连长。

连长："特务啊，这个我们跟上面汇报一下……"

一阵马蹄声，外面有人喊首长好，声音接力，越来越近，马出现在吕宋面前。

连长："首长好！"

首长："好。"

连长："报告首长，我们刚抓了个日本特务，正说要汇报……"

首长："毙掉。"

这是吕宋第一次这么近看首长，站得很直，听了首长的话，知道自己抓的人并不能带来多少实在的荣誉了。吕宋看看面前听到了自己命运的日本人，他没有任何表示。

首长也看看他，转回来接着说："下午就要开拔了，怎么样？"

连长："首长放心！"

首长点点头，一阵马蹄声，走了，连长保持立正目送。

吕宋跟着班长也继续保持立正，营地已经开始开拔，到处都在收拾。秋天的中午还是很热，帐篷倒下，一阵一阵起土。

连长放下敬礼的手，重新成为权力最大的人，说："那就毙了吧。"

班长："是！"

吕宋跟着班长转身，日本人也转身，没用推搡，自己走到了他们的前面。

班长："还没杀过人哇。"

吕宋盯着日本人的脊背。

班长："能行不？"

吕宋点头。

班长："说话。"

吕宋："能行。"

班长瞪了一眼吕宋，嘀咕："妈的。"朝驻地走了。

吕宋押着日本人继续走，他不知道该到哪儿去，身后尘土飞扬，叫骂声、碰撞声、拖拽声，都不是冲他而来。他们走到了一棵树下，有小片树荫，日本人容身其中，定一定，用脚踢开一块石头，慢慢跪下去，低了头。

吕宋端起枪。

吕宋这才觉得，刚才都是跟着他走的。

"哎！"

一个骑兵经过。

吕宋看他，骑兵骑到跟前，拿起枪瞄准，吕宋赶紧躲开两步，枪没响。

骑兵又扣了两下扳机，还是没反应。

骑兵看枪："妈的。"骂完拍马走了。

吕宋看他走，日本人始终没抬头。

吕宋走回原位，先检查了一遍枪，又端起来。

吕宋当兵没两天，主要就是站岗，开枪倒是学过，打得也不准。他盯着日本人的后脑勺想，这么近，应该打得准吧。这么开一枪，就像锄地一样。

可眼前不是地，是后脑勺，又油又脏，吕宋知道那大概是什么味，自己的脑袋估计也是同样一股味。

吕宋想着，开不了枪。

日本人回头看他，吕宋吓一跳。

吕宋："转过去！"

日本人没转过去。

就这么僵持住，吕宋没了主意，觉得自己已落下风。

"吕宋！"

刘神仙跑过来。刘神仙跟吕宋一起被征兵，都是上三门的，他奶奶是个半仙，大人小孩儿就都管他叫刘神仙。刘神仙当然不是神仙。

刘神仙跑到近前："班长让你杀？"

吕宋："嗯。"

刘神仙："让给我行不？我练练。"

吕宋："行。"

吕宋撤开，又看日本人，日本人冲他笑一下，把头扭回去了。吕宋并没有感到轻松。

刘神仙端起枪："班长不能知道吧？"

吕宋："知道能咋？"

刘神仙："你杀过人了？"

吕宋："你快点儿行不？"

刘神仙："你咋不想杀？不敢啊？"

吕宋不说话。

刘神仙枪在日本人后脑勺上顶着，回头笑吕宋："早晚不得杀？都当兵了。"

吕宋觉得，他的笑脸跟日本人刚才的一样。

刘神仙："你也笨，抓个日本特务不赶紧邀邀功，肯定有赏啊，让你杀你又不敢杀……"

吕宋上前推刘神仙："破嘴没完了？你不杀就起开。"

胳膊带着枪口在后脑勺上一滑。

刘神仙："哎……"

枪响了，两人赶紧看，后脑勺整洁如初，日本人左耳被打掉，闷哼一声。

日本人回头，半边脸上溅了血，顺着脖子流。

刘神仙："看啥！"

枪顶在了日本人脑门儿上，日本人盯着他，刘神仙看着那双眼睛，想起了奶奶说过的恶煞。吕宋看着刘神仙的眼睛，就知道刘神仙也落了下风。

刘神仙："你自己的事自己杀，我走了。"

因为地球在旋转，日本人已经被挪出了树荫，出了很多汗。

吕宋等刘神仙走远了，问了句："疼不？"

日本人没回答。

吕宋想起有回打靶，刘神仙枪走火，在耳朵旁边响了，一下午没听见人说话。

吕宋摆摆手，肌肉不绷着了，觉得很累。

营地已经全面开拔，陆续有人从不远处经过，有两个人跟吕宋对视了一下，走了过来，一个戴着军帽，一个没有。

戴军帽："啥人？"

吕宋："日本特务。"

没军帽："咋不杀？"

吕宋没说话，闻到了酒味，不知是两人谁喝的，还是都喝了。

戴军帽："新兵哇？我教你！"

戴军帽走到吕宋旁边，帮他把住枪，吕宋闻出来他肯定喝了酒。

戴军帽："这耳朵你打的？"

吕宋想解释，又懒得说，就点了点头。

戴军帽："顶住啊，一扣就行了。"

吕宋手指搭到扳机上。

"哎哎哎，"没军帽喊着掏出把手枪，"让我试试枪呗。"

说着就上了膛，瞄准。

戴军帽："你别打着我！"

没军帽："你滚开，死了不埋啊。"

戴军帽也掏出把手枪："你说啥？"

没军帽："哎，你这枪哪儿来的？"

戴军帽："管得着吗？"

没军帽："你咋不上交？"

戴军帽："你不也没上交？"

戴军帽往后瞅了一眼，赶紧放下枪立正站好，吕宋也赶紧站好，他们看见了首长的马。

没军帽也看见了，三人敬礼："首长好！"

首长："枪哪儿来的？"

那两人互相看看，没说话，戴军帽也把军帽摘了。

首长："喝酒了？"

吕宋想，酒应该已经吓醒了。

首长看看吕宋，看看日本人，冲两人说："滚。"

两人："是！"

吕宋依然站好，两人跑得太猛，有土腾起到日本人的头上，他左右摆了摆。

首长："咋回事？"

这一下午，吕宋被问了好多问题。

首长："打偏了？"

吕宋："是。"

首长："新兵？"

吕宋："是。"

首长："没刺刀？"

吕宋："有。"

首长："子弹不要钱？"

首长走后，吕宋上了刺刀，觉得更加疲惫，就坐到了树下。部队越走越多，吕宋暗暗希望，如果就这么被抛下，就回家，这日本人就放了，掉了耳朵，也不是我打的，他应该不会记仇。日本人还跪在那里，吕宋扶着枪，用刺刀的反光照着日本人的后脑勺，他没有察觉。在这个平常的下午，两人保持着各自的姿势。

日本人："我老家没有这种树。"

日本人盯着地上已远去的树荫。

吕宋："啥？"

日本人："我老家有很多其他树，你应该没见过，就像我在日本没见过这种树。小时候我们拿树枝当武士刀，有一回被打到脖子，昏过去半天，把奶奶吓坏了。"

吕宋看着他，他胸前的土地已成暗红色，日本人收回盯着树荫的目光，头低得更深。

日本人："还是用枪吧。"

吕宋听到有马蹄声由远及近，不看了，回不了家了，再不回营地又得被班长打，这个要赶紧结束。吕宋举起了枪。

枪响，日本人倒在地上，后脑勺一个大洞。

骑兵满意地收起枪："我就说能修好，咋样，准吧？"

没等吕宋回答就走了。

吕宋看看日本人，回头看看树，取下刺刀也走了。

他也不知道这棵是什么树。

装宽带的人

师傅来电话："你好，是你要装宽带？门牌？"

我："503。"

师傅："我马上到，开门。"

开门，师傅上来，进门，没有从兜里掏出蓝色鞋套，而是直接把鞋脱了，黑色尼龙袜，走进来。

师傅："路由器？"

我："窗边。"

看一眼路由器，拔了网线，接上一个像POS机一样的设备，操作，又开电脑，操作。

师傅："你试试。"

我试试，连上了。

师傅："给写个评价。"

我写评价。

师傅把路由器放回原处，拉起网线，顺着网线往外看，推开窗户探身看。

师傅："你说这根线接到哪儿？"

我："不知道。你应该知道啊。"

师傅点点头，上了窗户："我去看看。"

我："啊？"

师傅："我应该知道啊。"

我："好。"

师傅就出去看。

我已经等了半年。犹豫要不要关窗，要不要丢掉他留下的鞋。

幸好这世上并不存在圣诞老人

这是小达达人生中第八个圣诞节，每年这个时候，达达都会收到圣诞礼物。八年了，小达达已经八岁了，他觉得，今年该送一份圣诞礼物给别人了。毕竟，我已经是个大人啦。

可是小达达（他很不高兴前面有这个"小"字，所以我们后面就不提了，人家长大了，有自尊了嘛）没有那么多钱。达达家里是有钱的，何以见得呢？达达家有壁炉，真的壁炉，烧木头的壁炉，上面还挂着爸爸亲手做的鹿头标本。每年圣诞节，袜子是真的挂在壁炉前，可不是床头。圣诞老人那么忙，辛辛苦苦爬进来，怎么还让老公公走到卧室里来啊？如果每家都走到卧室，那肯定有些人家就来不及去了啊，那不就会有小朋友收不到礼物了？

达达不光成熟，心地还很善良。

达达又想，不过，没有壁炉的人家，圣诞老人也进不去，挂在床头也无所谓，他们的爸爸妈妈会把袜子装满的。

达达的爸爸妈妈每年都会各送达达一份礼物，当然了，达达还会收到一份圣诞老人给的，爸爸妈妈希望达达一直享受圣诞老人的照顾，直到达达自己告别童年。富有和善良都是可以遗传的品质，达达是个幸福的孩子。

但爸爸妈妈不会娇惯达达，要明白钱来之不易，所以达达不能乱花钱，他只能好好准备一份礼物，送给一个非送不可的人。

送给缇娜吗？自己最喜欢的女孩？送给高高吗？自己最好的朋友？那阿顿就该生气了啊。不如送给爸爸？爸爸什么都有呀，不需要礼物；送给妈妈，可是妈妈想要什么，爸爸都会给她啊。

到底该送给谁呢？送给谁大家都不会生气，而他又真的很需要礼物呢？

八岁的达达比我们都更快地想通了这个问题，兴奋感瞬间充满了他的心。

啊！对啊！对啊！

达达开心极了，他为了自己没有早一点儿想到这个答案难过，要是七岁，不，要是六岁那年就想到了，该多好呀。他把雪球匆匆包起来，难免粗糙，可是谁在乎呢？这是一个八岁孩子的第一份圣诞礼物啊。达达把包好的雪球塞到了袜子里，挂在了壁炉前。今晚，当圣诞老人收到这份礼物时一定会很开心吧！他小时候可能收到过礼物，可是自从成了圣诞老人，谁还会送给他呀？每年圣诞节到处爬烟囱，他肯定也想要礼物呀！

达达兴奋极了，他跑去储藏间，那里是爸爸放东西的地方，严禁他进入，但今天是圣诞节，他必须得去，那里有他计划的第二步。

其实爸爸根本不用担心，储藏间我六岁开始就总是悄悄进了，什么锤子、电钻、猎枪我都知道在哪儿，不会有危险的，今天我也不是去找那些东西的，我今天找的是……啊，找到了，就是这个！

达达拿着那个东西跑回客厅，慢慢地把它放在了壁炉里，别担心，他完全知道该怎么使用，不会伤到自己的。

圣诞老人就要永远留在我家了啊，达达看着壁炉里展开的捕兽夹，幸福地这么想着。

达达已经八岁了，是个大人了。

女神

她肯定是从天边来的，村子里的人都这么说。

一大早就看见她靠在村口的树上，一丝不挂，身上还泛着一层光，村子里的人就没见过长得这么好看的人，就连跑过马帮的马大也是看了一眼就定住了，他应该也忘了他有个爹以前就是在这树上吊死的。

不过马大的爹肯定不会恼他，甚至他媳妇儿就在旁边也没恼他，因为村子里的人都定住了。有人说，喊个孩子去叫村里的老人来看看啊，这是个什么啊。

人们说，村里哪儿还有老人啊？哪儿还有孩子啊？提议的人一阵慌，说："马大，那就你给看看。"

马大绕了两圈，说："等等太阳吧，别惊动了。"

没等太阳大亮，她就醒了，没说话，村子里的人就也都不说话。她看了一圈，表情惨淡，村子里的人就也都表情惨淡。

终于，她好像看出马大是个领头的，就冲他说："我是逃荒来的，你们这儿还有吃的吗？"

　　人群里就叽叽喳喳，哦，说人话，是个人啊。说完就都看马大。

　　马大又定了定，念叨了两遍，是个人啊，是个人啊。

　　马大又说，那就吃了吧，各家好好分，别打架。

夜游症

他说，以后开房可以、恋爱可以，甚至相爱都可以，但我不能陪你逛街、陪你吃饭、陪你野游，这么说吧，我就不能陪你在白天出现。

他说完这些，有些迟疑是不是太唐突了。他们是昨晚在酒吧认识的，今早在房间中一起醒来的，像任何一对一夜情之后的普通男女，按正确的步骤，接下来该互相微笑、各奔东西了。

但显然，他看出来她不想仅止于此，他当然也不想。

所以，为了长治久安，他觉得这件最重要的事必须先交代清楚。

于是，他接着补充道："因为我患有严重的夜游症。"

尽管他自认为这次已经是前所未有地加强了重音，但她还是意料之中的一脸疑惑。

他叹口气，想，怎么就没一个能听明白的呢？世界已然混乱如此，怎么人们对异常之事还是一点儿心理准备都没有？

他无奈地开始穿衣服，并默念神佛保佑，这次少死几个人吧。

　　然后拉起她走向宾馆的大门口，在迈进阳光的一瞬间，他低声说：
"姑娘，这不是日食。"

　　接着，天色大暗，街上传来碰撞声、惊呼声、咒骂声，以及就在她身
边却看不见声源的叹气声。

割腕起源考

发明割腕自杀的人是个外科医生。

这恐怕不难理解吧？如果你不是看了那么多烂电视剧，你怎么会想到在手腕上划个小口子就能杀死自己呢？即使想到了，你又怎么会懂得把手泡在温水里呢？

这位外科医生是个英国人，也有说是法国人，是在敦刻尔克大撤退时随军逃到不列颠的军医，后因为爱上了一个善良的英国姑娘，由此留在英国。这个说法非常可疑，有着明显的文学浪漫化色彩，特别是英国姑娘之前"善良的"这一定语，实在让人想拍案而起，把这个英国姑娘告上法庭。因为我们所知关于割腕自杀诞生过程的史料，绝大部分都是由她提供的。这一点我们过后再说。

总之，我们这位身份模糊的发明家，来自英国或法国的李医生（没错，他的父亲是个华裔，这一点倒是毋庸置疑），在 1948 年 5 月 21 日的深夜来到了他冷清的诊所。那天是星期五，由于第二天人们还要工作，所以没什么人生病。即便有人生病，我们的李医生也不大可能会接诊了。

他今天连自己都治愈不了。

但是根据那位英国姑娘的说法，李医生一开始并没有想到那项发明，他在和他一样孤独的诊所中犹豫了很久，他救过很多人的性命，没道理这么轻易放弃。当然这很可能又是那位英国姑娘的文学想象，这倒也不必过分苛责，她是个作家。

如果你像我一样知道李医生为什么会在星期五的深夜来到诊所，并最终束自己的生命，你就同样会怀疑起这个英国姑娘写下的每一个字。

李医生今天本来是出差的，去伦敦参加一个医疗学术会议，并准备好了热情洋溢的报告，和会后晚宴上要使用的一些关于病人的烂笑话。

可他提前回家了，似乎所有遭受这种伤害的人都是因为提前回家了。

至于他提前回家的原因，那英国姑娘的说法是因为他抑制不住对她的思念，迫不及待地想与她分享在报告后会场上响起的节制却有力的掌声。我认为这说法简直是恶毒、卑鄙，我宁愿相信是因为他的那些烂笑话不受欢迎，他才自知无趣地回来了。

原因无关紧要，总之，他提前回家了。

说到这儿，你也大概能猜到发生了什么，我简直不愿意再说一遍，他看见他的妻子，那位善良的英国姑娘，那位作家，和一个男人睡得正香。

之后的事情依然不可考证，李医生为什么不去厨房拿出菜刀砍醒这对梦乡中的人？或者故作镇定地和他们谈谈？唯一确实的证据是他的行李箱扔在了门口，由此推断，李医生在看到那一幕的一刹那就丢掉了行李，有些慌不择路，掉头就走，但关门声不是很响。

李医生走出家门，时间是1948年5月21日的深夜，根据气象资料显示，那天并没有下雨。

我们的李医生也许并不是受到妻子背叛的打击，也不是受那些听不懂他笑话的愚笨医生的打击，可能他的一生一直在承受无微不至的打击，也可能什么都没有，甚至他的一生都平淡无奇、顺风顺水，他只是忽然不大高兴了。对他的心理怎么揣摩都不过分，就像对任何一个自杀者进行揣摩一样，这简直成了自杀的一个必然组成部分，一种后知后觉的悼念。当然这也是一种可耻的冒犯。

那项发明诞生的具体时间已不可考，显然当时苏格兰场的警探们并不像我们一样珍视这项发明，他们可能也觉得割腕自杀是个奇怪的死法，但仅此而已。他们草草结案，没有完成历史赋予他们的使命。

第二天发现李医生死去的护士目击了第一现场，他皱着眉头、面色苍白，两只流血的手腕泡在水池里，那时水池已经变成血池了。这位护士被这奇异的死法震慑住了，不过震慑也就震慑了，没等到周末她就找到了一份新的工作，这对她来说并不难，她的护士服总是裁剪得恰到好处。这一点李医生生前也表达过赞许。

接到电话赶来的那位英国姑娘也被震慑住了，但她不打算就这么算了，在应付完警察、亲属、感恩的病人、丧礼，以及一些必要的泪水后，她决定把她的丈夫写下来，准确地说，是把他的这项发明，这种死法，写下来。

她的情夫对她的创作过程给予了大力支持，而且很有可能也参与了创作，因为正是他最后把这拍成了电影。他是个年轻的导演。

他的这部关于割腕自杀的电影只节选了那位英国姑娘小说中最主要的一部分，也就是割腕这种前所未有的自杀方式。全片只有两个汩汩流血的手腕的特写，足足流了三个小时。这部沉闷的电影只在一些没有朋友的青年人和几个知识分子的交际圈里起了一些影响，并引发了关于"无聊是否会消解残忍"之类话题的无聊讨论。

但这部电影毕竟第一次把割腕自杀这一烂俗的文艺情节带给了大众，并在此后的岁月里变着花样地频繁出镜，最终家喻户晓，众人模仿。从这一点来说，这对梦乡中的人显然强过那些警探和那名护士。他们拥有历史责任感。

当然，在李医生那颗死去的心里，那位英国姑娘的笔下，以及这冗长的特写中，割腕自杀这一情节还并不烂俗，甚至伟大。

小丹他奶奶

我就说，我就是欠他们老丹家的。年轻时候，你爷爷守敦城，人家兵一退我们一帮媳妇儿就上城门口翻死尸去，那会儿还跟着你爷爷他妈，那会儿那女人都木了，翻开一看，不是，也没觉得松口气，脸烂了的就翻身上，翻身上的记号，翻着邻里的了，招呼一声接着翻，也有当下就扑到地上哭的，那也没怎么，兵上来了就跑。

你看你爷爷手上，好像是右边的，有朵梅花吧？那是刻的，这会儿都是老皮了，那会儿可好认。

后来不就逃到这牧场来了，你爷爷算是投诚的，还安排了工作，可工作什么呀，一个月五十五块八，养着你爸爸他们哥儿八个。你现在去问问当初给场子下夜打更的刘拉忽，哎呀，这人死了没有？没有没有，他现在见了我也得挑大拇哥，老丹嫂那是全场子最能干的，我就没见过老丹家的灯十二点前灭过。

这么厚的鞋底子，那可不就得半夜熬着做吗？靠那五十五块八，倒是怎么过来呢？白天就上山捡蘑菇，晚上就做这些活计。要不说欠他们老丹家，那蘑菇到了年根子正能卖上价，你爷爷就让我给他弟弟，就是你二爷爷家捎去，那我不心疼？你爷爷还管你那个？管你难不难？还有他们丹家老四，你得叫小爷爷，现在也没了，那会儿来内蒙古做买卖住咱家，他们几个大小伙子睡炕我就睡灶台，那时还怀着你爸爸呢，我说什么了。

你爷爷什么时候都是，他们老丹家的人比谁都金贵，你看看你爸爸今天不是？

不过倒是，你二爷爷也行，"文革"一起，你爷爷灵啊，根本没掺和，直接就跑你二爷爷那儿了，那他要是在场，就这些嘴他能说清吗？

你二爷爷不像你爷爷，人倒是好人，厚道、气性小，大概也是笑呵呵的，就是你原来那二奶奶死了再娶的这个把他害了。你现在这二奶奶是回民，你知道吧？是，你太奶奶死的时候你还去他们家住过呢。那你太奶奶死，你爷爷这大长子怎么不去？还不是"文革"躲难那几年在他们家受了气，你爷爷是能受气的人吗？一辈子再没登过他们家的门，可是那些年蘑菇还是照捎，肉也没少给。你爷爷这人，一码说一码，心气儿高、心软，他想他弟弟呢，这两年你二爷爷不也老来这儿走动吗？哪儿那么多气啊！

你爷爷现在耳朵也听不见了，也不说话，看着倒是老了，我可知道，他能转了性？你没看这两天麻将打的，就是年轻时候那个赌劲儿啊。不过也是没几年了，爱怎么玩儿怎么玩儿吧，你爷爷就是比奶奶想得开，你看你爸住院了，他也就问两声，奶奶还跟着抹眼泪。要说把你爸爸他们都拉扯大了，我可不欠他们老丹家了，可我就是这操心的命。

可你看看奶奶也没得心脏病，你小姑都说了，心脏病还不就是心病？这不用学医我也知道。我伺候这老丹家一辈子也没做下心病，可你看看你爷爷、你爸爸，你说他们思索什么呢？怎么就气性那么大？

要我说，就是随了，你爸爸就是随了你爷爷，你可别再随了你爸爸。

疑似红梅软文

　　这家小馆子已经没人了，我们也从外面搬回了屋里，炎夏的晚上有时候会特别冷。

　　我、小丹和这姑娘应该已经喝掉两打啤酒了，但老板娘为了催我们，已经过来拿了好几次酒瓶，所以到底喝了多少要等结账时才能知道。

　　这姑娘喝第一口时就这样了，所以我也不知道她现在到底醉了没有，我没见过她不喝酒时的样子，或许小丹见过。我也没见过小丹喝醉时的样子，因为我和小丹总是同时醉的，不省人事的那种。

　　我现在能写下这些，说明小丹跟我要烟的时候还没喝多，而他清醒的时候我没见过他抽烟。

　　我很久没听见那姑娘说话了，其实她一直就没停过，以至于她的声音已经成了背景音，和老板娘催促而又疲倦的颠脚声一起使这家没人的小馆子显得不那么安静。

　　我瞪了老板娘一眼，颠脚声停了一停，我努力听到那背景音是：他吻我那天抽了红塔山，我到现在舌头上都是红塔山味儿。

然后我发现背景音其实还有时断时续的抽泣。

我努力看向小丹，他猛吸了一口烟，好像含了很久（我不能确定，因为喝了酒以后除了代谢速度以外什么都变慢了），再缓缓吐出。接着小丹慢慢把头靠向那姑娘，吻了她，好像也吻了很久，然后背景音消失了，甚至连老板娘都不颠脚了，我感觉她都不疲倦了。

"现在你舌头上是红梅味儿了。"

小丹又猛吸了一口，接着说。

"别想他了。"

狗镇

"现在咱们这儿狗比人多。"

我上次回来的时候，小铁就对我这么说。小铁是我发小儿，这儿是我出生的小镇，如今破败不堪，人们纷纷出逃。小铁由于胸无大志，又没有大胸，父母只能给她在本地安排了个工作。多年不见，她的脸也是破败不堪。

这是个衰落的工业小镇，曾经也被冠以亚洲最大之类的名头，也招待过日本的考察团和不停路过的各级领导。不知道这些人中哪些人曾对这里寄予厚望，总之如今并没人对这里表示惋惜，更不用提挽救。

上次回来，我和小铁在一家串儿店连喝了一星期的啤酒，不时丢些肉块儿给周围的野狗。到后来，我们身边聚集的野狗越来越多，给它们买串儿的钱快超过酒钱了，我们就不再去那家串儿店了，此后我也再没见过小铁。

小铁和她的青春被困在这里，理应有许多抱怨的话和泪水，她确实也对我说了许多，但我都记不大清了，可能因为青春的抱怨大体就是那些，特别是从一个小镇青年的嘴里出来，都是些耳熟能详的悲惨。

那些只有我们两个人的夏日傍晚，除了不够冰的啤酒，留给我印象最深的倒是那些围着我们的野狗的目光。

倦怠、无畏、看破红尘。

我和小铁讨论过，为什么人都快没了却出来这么多狗？它们吃什么啊？没有人就没有人做饭，没有人做饭就没有剩饭，它们到底吃什么呢？

我一连串问了许多，打断了小铁的自怜自艾，她有些不耐烦，就说，这些狗都是人变的，人越来越少，狗越来越多，能量守恒，这不是明摆着的吗？

我喝得晕乎乎，没能及时体会小铁这套临时说辞的文学性，继续追问，那它们吃什么啊？人变的也得吃东西啊。

"吃他们一生的故事，和那些未实现也根本从未成形的理想抱负。"

当然这句话不是小铁说的，是我后来体会到了小铁那套说辞的文学性后自己编出来的矫情答语。

小铁当时的回答是："吃你们这些傻 × 喂的肉啊，快别喂了，也别问了，喝酒。"

那就是我最后一次见小铁。

这次我回来这个小镇，发现那家串儿店已经关掉了，街上的人更少了，狗也更多了。我没有找到小铁，听说她也终于调走了，和她的父母一起去了另外的小镇，是我们这里的厂家新开辟的矿厂，又可以接待新的考察团和各级领导了。

　　我看着街上那些倦怠、无畏、看破红尘的野狗，想起和小铁说过的话，想，这里面会不会有一只就是小铁？

　　她现在吃什么呢？

赐予者

我喜欢赐给别人命运。

你一定听过蝴蝶效应，是的，我们每个人都在影响别人的命运，可多数情况下都是无意为之——蝴蝶扇动翅膀并不是为了给哪个不相干的部落求雨。大量的无意行为导致的"命运"似乎成了某种客观的存在，居然还有人说出听天由命这种话来。更加可笑的是，还有人说什么改变命运。怎么改变？命运是所有人、所有事一起无意识地努力造成的，由于其庞大复杂，掌握、追随或者改变命运都是不可能的，你只能加入命运，做出一些微小的影响。这并不是听天由命，因为天也不知道下一步命运会变成什么样，特别是你遇到了我的话。

我是一个命运的赐予者。

关于自己这个"赐予者"的命运，我也并不是一开始就意识到的，由于懒惰和懦弱，我曾经是一个听天由命的人，事实上现在基本上还是。不同的是，我现在在有意识地赐予别人命运，并且得心应手。

我喜欢用"赐予"这个词，这因为我除了懒惰和懦弱，还是一个虚荣的人。懒惰和懦弱的人往往虚荣。我喜欢"赐予"的感觉，其实你们也喜欢，你们只是不承认罢了，而且缺少技术手段。

我赐予别人命运的手段很多，可以说是信手拈来。首先我赐予了我父母一段命运，我高中的时候把一个姑娘的肚子搞大了，她去堕胎，结果那个胡同医生技术太差，或者也是那姑娘运气太差，死掉了。这也是我没有说我赐予了那姑娘一段命运的原因，她的命运在血和消毒水的味道中结束了。

我父母从此变得消沉，看我的眼神充满怨恨，看世界的眼神充满歉疚。我怀疑他们并不是受到了良心的谴责，而是受不了世界的窃窃私语。从这个意义上说，我赐予了很多人命运，这就是我的赐予者生涯的开端。

后来我们搬了家，父母重新变得庸俗，也重新开始溺爱我，我也不再担心那女孩的父母会突然冲出来杀我（有几次他们差点儿成功了，两个老不死的）。我们都少了那种受难的气质，一切变得枯燥起来。如果是之前，我可能会融入新的环境，重复旧的命运，但现在不同了，我意识到了我的能力，我要开始赐给别人命运了。

我首先吸取了教训，搞大别人肚子这种手段成本太高了，而且严格说来，那也是无意的成分更大，谁能在最后一刻把持住呢？一个真正主动的命运赐予者应该置身事外、冷静，但要怀着莫大的激情与造物的慈悲，旁观别人的命运因自己而改变。

我开发了一些安全但不失灵巧的手段，甚至是温情脉脉的。比如在那个广播流行的时代，我喜欢冒充一个人给另一个人点歌，他们一般都是我的同学，平时有些摩擦，我说摩擦，就是他们互相都想把对方弄死。当我发现一对这样的仇家，我简直太高兴了，我就会让一个人给另一个人点一首《纤夫的爱》之类的歌曲。这个我玩儿了很多次，每次都是以他们大打出手结束的，打得格外狠，仿佛就是为了向世界证明宽容的稀缺。我替他们感到悲哀。

我后来爱上了在公共厕所的门上改变别人的命运。我会写上同性交友、假枪、迷药、女大学生之类的字眼，然后留下一个手机号码，完全是随机写出的，这种改变陌生人命运的感觉让我迷恋。

可久而久之，我的虚荣心战胜了懦弱，一个赐予者怎么能总是躲在暗处？我需要亲眼看看那些被我改变的命运。

于是我买了一部摄像机，来到广场上，把它藏在隐蔽的地方，然后开始寻找我想要赐予的人。有时我会拿水泼一个小孩儿，或者辱骂一个老头儿，或者突然抱住一个路过的女人强吻，围观的人群往往表情惊愕，也有一些人会愤怒，但从没有人阻拦我。我会在差不多的时候一指摄像机，微笑着说是在做整人节目，然后再冲周围的人大度地笑笑，他们通常会争先恐后地笑起来，表现自己其实早就看出了不对劲，同时也为我原谅了他们的无理而心怀感激。

那个被泼水的小孩儿会得到玩具，被骂的老头儿会得到廉价的营养品，而那些被强吻的女人则什么都不用给，她们已经得到了浪漫，我还得尽快离开，以防她们爱上我。女人真是可笑。

被赐予的命运就藏在玩具、营养品和浪漫里。那些玩具会爆炸，营养品里有视我心情而定的毒药，至于浪漫，就是有时我也会给那些女人一些不切实际的幻想和出乎意料的疾病。

因为说可能上电视后有更多奖品，我几乎有所有这些笨蛋的联系方式和地址，于是我会长期关注他们被改变了的命运，这一过程持续了十几年。我选择小孩儿、老头儿、女人，一来是因为安全，二来是赐予他们的命运会得到很好的利用，影响更多命运。

一个瞎了一只眼的孩子怎么长大？对父母来说意味着什么？会不会有朋友？会有孩子叫他船长吗？一只眼的孩子能参加残奥会吗？参加什么项目？他的梦想是什么？他对世界抱着善意吗？他会从事什么工作？认识什么样的女人？

一个突然瘫痪的老头儿怎么死去？对子女来说意味着什么？会不会有人照顾？他会认为一切都是对那些年轻时做过的蠢事的报应吗？他死的时候会怀念世界吗？世界会怀念他吗？

相比起来，一个伤了心的女人则乏味得多，这个世界上到处都是伤心的女人。

其实，这个世界上也到处都是一只眼的孩子和瘫痪的老头儿。

命运就是这样。经过这十几年，即使身为赐予者，我也要说，命运是很乏味的东西。

秘密

"喂！这十字路口有秘密。"

这是个大型的十字路口，四面都是八车道。下班高峰，人来人往，一个陌生人凑到我身边，道："你想不想听？"

我向煎饼摊走过去，晚饭打算就这么对付一下好了。

"这十字路口有规律可循。"

这人二十五六岁，戴棒球帽，穿得很体面，可称时尚，从外表看没有精神失常的迹象。

他："好，我知道你不信，求你就稍等一下，你看这个煎饼摊，你注意看，这个摊主每卖出一张加油条的煎饼，身边就会有一个穿绿衣服的人走过。"

我停住，看着煎饼摊。

他语气恳切，生怕我走了："你看好啊。"

我看到煎饼摊的老板询问了一下客人，往煎饼里加了油条，那人递上钱，身后一个穿军装的人走了过去。

他："你看！看到了吧？"

"然后每有一个穿绿衣服的人走过……"他猛拽着我转身，手指向天，"就会有一声鸟叫。"

……

鸟叫之后，我看向他。

他："怎么样？"

他又凑近了一点儿。

他："我跟你说，这十字路口有秘密。有些我们能看见，有些我们看不见。你看这红绿灯，每次红灯亮起就会有一片树叶落下，不分春夏秋冬。那边的老乞丐每收够一块钱，隔壁这栋写字楼里就会有一个人失业，等到了十块，又会有一个人获得加薪。"

我听着。

他："你看那条流浪狗，在这里一年多了，他一尿尿就会引发西侧路口西向东方向一位司机的愤怒，那司机必然有妻子，还有小三。等到狗睡觉时，司机就会跟他老婆吵架。南侧路口，每当有人横穿马路时，那边的咖啡店里就会有人叫埋单。如果哪天这个红色报刊亭没有实现盈利，一辆载着尸体的面包车就会在我们身边经过。小摊贩们本周打点城管的钱永远等于这周第一部违章车辆车牌号码的后四位。每天出现在这十字路口的人流量永远可以被三整除……"

他见我一直在听，没有要走的意思，终于放松下来，舒了口气。"这个秘密本来不应该让太多人知道。"

我示意他可以说出为什么要告诉我了。

"我告诉你这个秘密，是因为今天这个十字路口有了一个反常现象，右边那家开了三年的快餐店倒闭了。"他顿了顿，将噩耗告知我，"这意味着，今天会有一个得知秘密的人死去。就在今晚七点。很快就七点了。"

他说完有些沮丧，有些过意不去。

他："你别怨我，这个秘密，还有全部的秘密，我也是刚刚才知道的，也是有个人走过来告诉我的，他还说得知秘密的人不到七点没法儿离开这里。我试了，我一直在绕着走，我出不去。"

绝望和困惑同时包含在他的语气中。

他："我也没办法，我只能把秘密告诉给别人，降低我死掉的概率。他说有一个得知秘密的人会死对吧？本来我有二分之一的概率死，现在变成三分之一了，再说这秘密也不一定是真的，对吧？有可能是胡编的，对吧？"

我："不止三分之一。"

他："啊？"

我："怎么可能只有你一个人这么想？"

我提高了音量。

"我从早上开始就在这里了，去上班的路上有人告诉了我这个秘密，我今天也在一直努力活下去。"听到我说话，开始有人凑过来，我索性大声喊道，"喂！这个十字路口有秘密，大家都知道了吧？"

我身边的人停住了，趋势穿过了红绿灯，几乎十字路口各侧的所有人都逐个停下，只有零星几个不知道发生了什么的人，被旁人羡慕着。

我回头看向他，二十五六岁，戴着棒球帽。"我也不知道这秘密是真是假，马上七点了，我们一起来看看吧。"

开锁

今晚有逃犯，警察在全城设卡，信息说是一辆黑色轿车。每辆都要查，有妇女小孩的也一样。

一组三个人，小景负责西向东方向。此时，一辆白色轿车驶来。

小景："您好，请出示驾照。"

这司机显得过于疲惫。

小景把驾照还回去："喝酒了吗？"

司机："没有。"

小景："这是去哪里？"

司机："开锁。"

小景看他没有穿制服："开锁公司的？"

司机："不是，就是开锁的。"

小景："麻烦开下后备厢。"

司机看着小景，没动。

小景："请您下车配合检查。"

小景感觉司机在心里叹了口气。他开了后备厢，下车。

小景在前，司机在后，撩起后备厢，看着里面的东西。小景想问司机一句什么，可不知道该怎么问。

后备厢里堆满了钥匙。

"我是开锁的。"司机走上前，探进后备厢。

小景掏枪："别动！"

司机背对小景，举起了手："这里有一把是你的。"

小景反应不过来是什么意思，只能重复："别动！"

司机转过身，直起腰，左手捏着一把钥匙。

司机："这个可以开你的锁。"

小景："别动，把……"不知道为什么，小景没敢说钥匙，"那个东西放下。"

司机："好。"

司机放钥匙的方式，是慢慢递了过来，小景一晃神，发现自己已经伸手接住了钥匙，嘴里没能喊出"别动"。

另外的警察发现了这边的情况，都跑了过来。

司机："开了吗？"

小景："嗯。"

司机："那我走了。"

小景："嗯。"

司机看着冲过来的两个警察叹气："他们的钥匙我没带。"

小景："嗯。"

司机点头，向驾驶位走去。

小景转过身，思考要先打哪一个。

生日快乐

妻子：

我们可能不合适。

今天是我的生日，这种感觉更强烈了。我们看不同的剧，假期我想去玩儿，他想休息，跟他结婚我妈本来也不同意，他妈又……算了，不找借口了。我不爱他了。

"您给谁选蛋糕？"店员问我。

"我自己。"

尴尬挺好的，可以快速了结你不想继续的谈话。

再说有什么好尴尬的，我爱吃什么口味，他从来都不知道。

早上跟他说了蛋糕我自己买，他也没有要争取一下的意思。

"那我自己去，你去趟宜家把家里缺的买了吧。"

"我有事要忙，你顺便去呗。"

他这么回我。

我去就我去。

丈夫:

故意跟她吵了架,这样惊喜才叫惊喜嘛。

她必须去宜家啊,不然我哪儿有时间布置。

结婚两年了,感情在过渡期,不是变差!是过渡。

感情真变了我还准备什么惊喜?我还记得住她想要什么?

朋友们觉得这个惊喜有点儿过分,但我知道这是她想要的。

妻子:

蛋糕在车里不会化掉吧?

宜家饱受好评的线路设计我觉得很有毛病,也可能是我今天太烦了。

拿个案板,拿块桌布……

怎么还没走出去?不然蛋糕我自己吃掉好了。

说真的,他爱吃什么口味,我也不知道。

丈夫:

肯定又在宜家逛上了。

行,开始清场,反正已经跟管理员打过招呼了。

这个点车库本来也不会有太多车进出,万一有就让大丁拦一下,给人递根烟,反正最多五分钟就可以了,理解一下嘛。

大丁在门口守着,我在柱子后面藏好,等她进车库,大丁会来电话。

我们家车位进出车很方便，为这个我跟我妈借了不少钱，现在慢慢都还上了，挺好的，一切都会越来越好的。

她回来了。

妻子：

车停好。

打开后备厢，把宜家的蓝袋子拿出来，先放在地上，蛋糕在副驾驶位上，打电话叫他下来帮我吧……忽然，有人把我按在了车尾上。

丈夫：

这就是她一直想要的。

我声明，我没有过这样的念头，我害臊。

那是我们在一起第一年的时候，她给我看了一个帖子，说是一个人给自己女朋友的生日礼物，就是带上面罩，准备了面包车，然后把她"强奸"了。我笑这俩人真有情趣，她凑到我耳边说"我也想要"。

这事我记着是记着，但一直没有下定决心。现在，感情处在过渡期，我得有点儿诚意。

要显得粗暴一点儿，尽量真实一点儿……她哭叫着反抗，我也下不去手打她啊……很紧张，有点儿兴奋……不可能真做，吓唬一下就好了，晚上再说嘛，而且要不了一分钟她就能猜到是我了吧……

啊，什么东西……

妻子：

我慌了一下。

我从车的侧面被按在车尾上，尽力弯下腰，宜家的袋子就在地上，里面有我买的案板、桌布，还有刀。

我向身后猛刺过去。

丈夫：

是刀。

我向后倒去，我看到她转过身，脸上都是眼泪，她愣了一愣，喊出了我的名字。

妻子：

我伏在他身上开始痛哭。

丈夫：

我还没摘头套，唉，果然还是很快就猜到了是我。

可是已经晚了啊。

妻子：

他的几个朋友跑过来，有人推着蛋糕，有人举着彩条。

茫然无措，各自打着电话。

我越哭越厉害，趴到他耳边。

丈夫：

她趴到我耳边说："我知道是你。"

这世上所有宝藏在你的卧室发光

楼上的人是不是疯了？不记得他家有小孩儿啊，装修？

咣当咣当。

他疯没疯我不知道我要疯了，晚上九点我是不睡觉可你也不能这样啊。我拿起扫帚敲顶棚，咣当咣当，我怀疑他都没听见。

要交涉这种事，烦死了。我穿上衣服，出门上楼，凿墙的声音一直没有停。

敲了有一分钟门，他不开，装听不见？

我急了："开门！我报警了！"

里面咣当的声音停下，门开，一个男人的一只眼睛露出来。

他："你来抢我的宝藏吗？"

门再开一点儿，两只眼睛露出来，我有点儿害怕。

他："我的宝藏掉下去了，你别告诉别人，我可以分给你。"

真遇上疯子了。

我："大哥，我是楼下的……"

还没说完，门大开大合，像海兽捕食，我被吞了进去。我没站稳摔到地上，看到他手里拿着一把镐头，地上还有另外一把。

我："大哥，大哥我错了，我不抢你的宝藏，我……"

他："嘘，我分给你，宝藏有很多，我看见了，我拿不完，我分给你，只要你别告诉别人，我们分了……"

我："好好。"

我还能说什么？我只能先安抚住他再想办法逃跑，我看向地上的镐头。他拎着镐头往卧室中间走，嘴里没停。

他："我都看见了，太美了，传国玉玺、所罗门王的宝藏、泰坦尼克号的海洋之心、三星堆的青铜外星人……就在我的卧室里，我都看见了，就是不小心掉下去了，他跟我说就在红叉下面，瞄准红叉一直挖……"

我看他转身向卧室走，偷偷往镐头旁边凑……他忽然回身抓起了地上的镐头朝我扔过来，我吓得闭上眼。

他："接着啊，你来，跟我一起凿，快点儿啊。"

镐头已在我的手中："大哥我错了，你凿吧，没事儿我回家了，我保证不报警，你大概十二点能弄完吗？我明天还上班。"

他："你还不信，我也不信，结果大红叉就出现了……"

我站起来走到他身后，看到卧室地板上一个巨大的红叉。你说好好一个人怎么说疯就疯了。

他："可是凿出来了，我看见了，就在卧室里，你过来帮帮我……"

我手里有镐头，心里也没那么慌了。妈的，不就疯子吗？他真敢怎么样，还不一定打得过我吧？我法院有同学公安有朋友我怕你？

我："你这么凿，我家顶棚不就烂了吗？朋友啊，遇上什么心烦的事儿了？说说，我没准儿能帮你。"

他摇头："凿不烂，我凿半天了，凿不烂。"

刚才没注意，这么一看还真是，大红叉覆盖的地板完好，刚刚咣当声不绝，怎么连个痕迹都没有……

"啊！"他忽然兴奋起来，"对对，是这样，对了！"

他过来抓我的手："需要你帮忙，你必须帮忙。你凿，我们对半分好不好？我再附送龙宫的宝藏给你好不好？定海神针我让给你好不好？"

我忙躲："好好好，我凿我凿。"

我走到红叉旁边，继续劝他："朋友啊，我凿一会儿咱就休息好不好？聊会儿天，早点儿睡，要不喝两杯？有什么过不去的坎儿啊……"

他眼里全是兴奋："快凿，求你了，凿了你就知道了。"

现在可能还不到十点吧，恐惧退去，荒谬上来，我已经困了。

我抡起镐头，赶紧结束吧，不管我正在经历的是什么。凿在红叉的交界处，没用力，凿坏了这人又不疯了，让我赔怎么办？……

地板塌了下去。

我猛往后退，卧室正中出现一个大坑，光漫上来。

"啊！你看！你看！"他冲上去趴在坑边，"我的宝藏！原来还有法柜，原来佛祖的舍利也在这里！"

我被眼前的景象镇住，我认出坑里是我的卧室，电视里还放着我看了一半的节目，我换下的内裤被压在梵高的《星空》下面……

"看到了吧！这世上所有的宝藏！"他探身过去，"在你的卧室发光！"

是我的卧室，又不是我的卧室，就那么大一个房间，可确实装着很多宝藏，顺着地毯看不到尽头。眼睛去找一个宝物，需要眺望，没有边际。

"我的宝藏，再也不能让它们掉下去了……"他继续向坑边探身，伸手去抓宝藏，然后掉了下去，坠落的时长我已无心计算，我在震撼之中。很久以后，他终于摔在我的床和金阁寺之间，回声荡上来。

"喂！"我喊他，我没法儿思考，不理解发生了什么，我只知道我不能靠近坑边，我也会摔死。

我爬起身向楼下冲去，掏出钥匙，手在抖，这世上所有宝藏就在我的卧室里发光。还有一个不知死活的人，我要想想怎么处理。

门打开，还是我的家；往里走，还是我的卧室；电视还在放那个节目，除此之外什么都没有。

我关上门，也不是什么都没有，有一把镐头在地上，地板上画着大大的红叉。

我走近红叉，发现自己刚刚跑下来并没有扔掉镐头。"他跟我说就在红叉下面。"我开始凿地板。

我听到有人敲我的地板，有人跑上来，有人敲门，有人威胁我要报警。

我打开门，露出一只眼睛，我对他说："我的宝藏掉下去了，你别告诉别人，我分你一半，我拿不完。"

门大开大合，我像海兽般把他吞进来，递上镐头。快，快凿，快，我们的宝藏就在下面。

我的大爷王大爷

　　这是我在微博上断断续续写的，关于我的朋友王大爷和张老三的一堆东西，最早一条写在 2010 年 12 月。我怕再不整理一下就不好意思整理了，而王大爷，也就要故去了。

　　诗人在深夜会觉得自己特别像个诗人。他不知道，其实所有人都是这个德行。

　　比如我家隔壁的张老三吧，平常挺实在的一个人，到了夜里竟然也会叹气了，也会跟他老婆说："这狗日子还行，咱的熊孩子也还行，我看咱俩也还行，今天别那么早睡了。"

　　还有我家楼上的王大爷。一天半夜两点，他突然就从楼上跳下去了，我家是一楼，他是二楼，连脚都没崴，他还蹦哪，还喊哪，他说："这个黑夜明显对我不利！明显对我不利！"

　　然后我跟王大爷说："你别喊啦，你怕什么呀？张老三他们两口子刚消停，黑夜还没喘过气来呢。"

　　我忘了说了，王大爷是个科学家，黑夜就是他发明的，月亮也是。

　　王大爷在发明黑夜的那天做了重要讲话。他站在阳台上，把月亮也放了出来，白漫漫的。王大爷对四周挥了挥手，张老三和我带头鼓起了掌，王大爷说："好了好了，不要搞个人崇拜。"

　　王大爷说："我每天都从这个阳台跳下去，如果有一天我摔死了，你们会关心我吗？你会关心我吗？张老三会关心我吗？月亮会关心我吗？你们不会的，但你们会关心我写的诗。月亮或许还是不会，但月亮会看见。"

　　王大爷是个果敢的人，他跳楼、写诗、把月亮扔到半空，他做这些事从不会犹豫，他唯一犹豫的时候是看到太阳升起来，他觉得这是个每天都在重复的阴谋，而且很没道理。

　　王大爷让张老三就此发表一下个人看法，张老三嘿嘿笑着，说："你要想发明阴天就直说。"

　　张老三年轻的时候也想要扼住命运的咽喉，但总是碰不上命运。他无处用力，就拿王大爷练手。王大爷被他掐得脸红脖子粗，眼睛往外鼓，我看着着急，就踹张老三："老三，王大爷是慢性咽炎，扼住管个蛋用？"

王大爷说:"我想平心静气地跟尔等说说话。"张老三说:"我们没拦着你啊。"我也说:"是啊,没拦着。"王大爷没搭理我们,又念叨了一句:"我想平心静气地跟尔等说说话。"

王大爷在空中喊,这里空气很好,这里从头到脚……喊到"从"字就掉地了,后面的话是边吐泥边说的,张老三在一旁嘿嘿笑:"两层楼都让你跳矮了,死又死不了,现在诗都念不完了,你反省反省。"

对于王大爷每天从楼上往下跳这事儿,我们不是没有劝过,张老三就曾边拍地边说:"何必呢?连个坑都砸不出来,人生观经不起摔打的。"王大爷在空中喊:"你起开,我这叫夯实。"张老三说:"夯实什么呀,就夯折一条腿?"我看王大爷气得又要念诗,赶紧说:"大家都静一静,听听月亮怎么讲。"

王大爷俯瞰大地,俯瞰张老三,俯瞰我,王大爷故作镇定,王大爷深谋远虑,他说:"我应该梦见了什么东西,但醒来就忘记。"我说:"这多他妈正常啊,你押什么韵啊。"张老三却也故作镇定,却也深谋远虑,说:"我记得,我替你转告月亮。"

王大爷一低头,看见七八绺儿往日情仇贴着自己的腿窜来窜去,王大爷皱眉,王大爷清嗓,王大爷狠狠吐了口痰,张老三赶紧拦住他,说:"可能有诈。"王大爷觉得有道理,说:"那你吐。"

张老三是个奇怪的人，他有正经的日子，甚至还有许多白天见面的朋友，这一度让我羡慕不已，不过王大爷对此嗤之以鼻，还有点儿痛心疾首，他的原话是：老三，你这样的话，你的夜晚可就是不纯洁的夜晚了。张老三还能说什么？张老三还是嘿嘿一笑，跟以往的夜晚一样。其实也跟以往的白天一样。

王大爷严肃地训斥我和张老三，以及他自己，说："我们不要总是无端发笑，搞得月亮总能装作被打扰。"

我只想看一个真正绝望的人自言自语。王大爷说真正绝望的人从不自言自语。我说："嗯，他们都坠毁了，跟你一个德行。"

王大爷在不断的坠楼过程中学会了飞行，而且是不可控制的飞，脚一离开阳台就飘起来。他为此难过了好久，逢人就说："我再也跳不下去了，我再也跳不下去了。"后来张老三实在看不下去，劝他："你能不能有点儿发散性思维啊，就不能改练投井吗？"

正如我会飞的朋友王大爷所说，人生一无可恋，我却求死不得。

当我们看到一个 loser 自怨自艾，又胸怀天下地说道："这是最好的时代，也是最坏的时代。"我们基本就可以断定这是一个没出息还颇为自恋的 loser。再用我的朋友王大爷的话说就是，这都是属于我们绝望界的票友。

王大爷和张老三分别拥抱了我，说："人生本来就没劲，我们就不用分别再证明一回了。"

王大爷说："我决定教会你们飞行，这样我们三个就可以组成一支纵队，那些鸟就再也不会取笑我孤独了。"我说："嗯，笑我们三个孤独。"张老三说："哈，我们三个在它们眼前飞过去，简直就是'孤独'两个大字，还带个句号。"

王大爷通知，今天检修月亮，人畜莫慌。

王大爷非常兴奋地冲我和张老三宣布，他掌握了一门新的飞行技术，他说，他现在可以飞出韵脚，飞出段落，飞出起承转合，飞出好几种隐秘的心情。我正要鼓掌，张老三小声打断道："这有什么牛 × 的，不就是跟蜜蜂一样吗？没看过《十万个为什么》吗？"

王大爷有时会一言不发，也不飞行，也不饮酒，也不看向月亮，也不看向我们，每到这时，张老三就悄悄对我说："嘁，他以为沉默是种力量。"

不是我幽默，是你们爱笑——据我的朋友王大爷说这是一位小丑的墓志铭。

王大爷半夜发现家中无酒，找我，我也没有，找老三，老三也没有，王大爷恨恨撂下一句："要你们这些朋友有什么用？"然后就奔 7-11 了。

王大爷的身影在路灯下载浮载沉，我猜，他应该会十分兴奋地对 7-11 的店员说："你猜，到底是什么样的笨蛋想要回到古代？给我装两箱啤酒，从冰箱里拿。"

王大爷忽然觉得寂寥——王大爷觉得寂寥。他要求把忽然删掉。

王大爷说："去他妈的，晚上抑郁就不能叫抑郁，叫循规蹈矩。而且还费电。跟我耍混蛋？当我白学了这么些年辩证法吗？"

王大爷看着远方，淡淡地说："人生的真相是这样的：我敢骂政府，骂世界，骂他妈的上帝；我毁佛谤祖，我睥睨天下，但是我不敢骂楼上每个周末都在装修的邻居。"

王大爷真正喝多的时候是写不出诗来的，连话也说不出，他有时候会哭一会儿，有时倒头就睡。若是将醉不醉，他会讲许多故事给我和张老三听，有些难过，有些奇怪，有些则会令人短暂地愉悦。这些故事的唯一共同点是，所有出场人物最后都死了。这让它们听起来很真实。

王大爷六十岁那年自断双臂，废了木匠手艺，开始闭门写诗。王大爷六十一岁开门见人，我和张老三问，诗写得怎么样了？王大爷说："我想了一年才明白，写诗也是要用手的。"我们唏嘘一番，又哈哈一番，从此一起改习饮酒，没羞没臊，无所挂碍，我用杯，张老三用碗，王大爷用吸管。

我认识两个看破人生真相的人，一个成了哑巴，一个只说脏话。王大爷劝我不要和他们交朋友，不是长久之计。

王大爷做诗人以前是基层计生办的干部，主要工作就是刷标语。王大爷在他们村里每一面墙、每一条公路上都刷满了他的肺腑之言：这边很无聊，你们还是别来了吧。后来他们村的人就都得了不孕不育症，什么医院都看不好，王大爷遭到了领导的严厉批评，说他犯了"左"倾冒进主义的错误。于是王大爷就辞职了。

我的朋友王大爷说我："你太消沉了，你应该去天堂看看，所有积极、上进、热爱生活的人都在那里，那里很美、很热闹，所有人都在一起，向着完美的生活大喊大叫，你应该去那里。"我说："王大爷，你怎么不去？"王大爷说："我去过了，那里太无聊了。"

王大爷年轻时写了太多绝断的诗，说了太多沧桑的话，造成他老了以后显得很不成熟。

王大爷六十年来一无所成，三十岁前曾发愿写一首好诗，三十岁后被迫悲喜从容，再无妄念，唯愿死后可立一碑，上书二字：情种。微软雅黑，44号，配一寸免冠不露齿微笑照片。或有旧友来探，可排队三鞠躬，洒燕京啤酒十三瓶（要冰镇的），而后齐声断喝：臭不要脸。

王大爷说，自己在家炖肉，在快熟的时候会听见炖肉说，孤孤独独，孤孤，独独。

坐过火车，喜欢在火车上喝啤酒，并且睡不太着的人都知道，通宵夜行的火车上，在三点过后会出现一辆专卖啤酒的推车，这在三点以前是看不到的。它不声不响，代表着火车所能表现出的最大温情，把啤酒卖给那些喜欢在火车上喝啤酒并且睡不着的人。

关于啤酒推车的故事，是我的朋友王大爷告诉我的。他还说，推车的人会在所有难眠的酒鬼中，选个心事最重的，把推车给他，让他在下次夜行中卖一夜啤酒，然后由他再选下一个合适的人，以此类推。王大爷说完，把手里的推车推给了我。这就是我和我的朋友王大爷第一次见面的全部经过。

我的朋友王大爷最终可能是这么死的，由于他会飞，所以一直没坐过飞机，于是决定坐一次。结果，飞机出现了事故。王大爷犹豫了一阵，还是找来空姐，小心地说："实在冒昧，能不能请您开一下舱门？我会飞。"空姐说："不行。"王大爷解释道："我真的会。""这不重要，"空姐打断他，"请和我们一起祷告。"

王大爷说，人有了稳定的世界观，便不足观。

什么都不想干，什么都不想要，你就想睡大觉，你还睡不着——王大爷题赠我的顺口溜。

我问王大爷："你还挤兑我？你闭上眼看看你自个儿，你想要什么了？你睡着了吗？"张老三赶紧拦我："你看你，你别跟他比啊，他都死了多少年了？"王大爷点点头："嗯，还是老三有人样儿。"

我的朋友王大爷在高楼顶上问我："你看我，你说我平静不平静？"我说："你平静，你站在群楼之中，群楼起波涛；你站在星空下，所有星星都涌向你。"王大爷平静地说："嗯，宇宙是这样的。"

我的朋友张老三最近碰上件倒霉事儿，具体是什么事儿我也不清楚，也不太好奇。王大爷也说："倒霉事儿嘛，总要碰上的。"可张老三没有我们这么豁达，我们坐在院里看天，他一直拍自己的胸，如山响。我看看王大爷，王大爷看看我，我又看看王大爷，王大爷到底忍不住，说："老三，别拍了，月亮不是声控的。"

我的朋友王大爷喝着酒，一言不发地看着来往的风，我凑到他旁边，虚弱地劝着自己："其实我也没那么傻 × 是吧？也不用跟自己过不去对不对？庸人嘛，活着嘛，谁还没干过点儿自己不想干的事儿啊？"王大爷看都没看我，两脚浮在地面上，说："我。"

我听完彻底颓了，张老三在旁边看不过去，骂王大爷："你下来你下来，就显你会飞是不是？你没干过不想干的事儿？你说，你跳这么多年楼，结果活到现在，每天除了喝酒，哪件事儿是你想干的？"王大爷也急了："这他妈能怪我吗？我会飞啊。"王大爷气得一边说一边蹦，可脚怎么都挨不到地上。

张老三语气软下来，指着我说："是啊，谁还没个难处？他也不是不要脸的人，都忍心这么劝自己了，你就不能顺着说两句？把他也逼成你这样，我管你俩谁叫大爷？"我扶着酒杯站起来，说："行了老三，听不下去了，王大爷，干了这杯，我跟你学飞吧。"王大爷也定下来，看看自己的脚，叹口气："我哪儿会啊。"

我的朋友王大爷有一回跟我说，也别有一回了，就是刚刚，也别刚刚了，就是现在、此刻，跟我说，酒这个东西，不能戒，戒了难受。

王大爷说："你这么久没提我，他们可能以为我已经死成了吧？告诉他们，别替我做梦了。"

感冒药

一人患感冒，进街边小药店。

感冒的："感冒了，买药。"

卖药的："吃中药西药？你是哪种感冒？"

卖药的本来不懂药，但卖药挣钱，为了挣钱，也就懂药了。

感冒的："说不好，你先推荐吧。"

卖药的先把常打广告的推荐了一遍，感冒的摇头。

卖药的又把平时不太好卖的推荐了一遍，感冒的摇头。

卖药的："香港我也有朋友，你要能等，我给你进点儿。"

感冒的："我感冒两年多了。"

卖药的顿一下："那你是不是来错地方了？"

感冒的："该去的地方我都去过了，没用，都说感冒是不治之症。我就瞎碰碰，打扰您了，我随便买盒康泰克吧。"

卖药的："你要愿意碰运气，我跟你说个事。"

卖药的关了店门，感冒的坐下。

卖药的："你就别管我是哪儿听来的了，我都忘了，也可能是我做梦梦到的。感冒两年多，感冒就不是病毒了，就成精了，是鬼怪。黄河你知道吧？你应该知道，你进黄河，顺着黄河到入海口，顺着水流往海上漂，只要跟得住就会漂到一座岛，岛上有只鹿，吃它的角可治感冒。"

感冒的道声谢，起身出去了。

三年后，感冒的又来这家店，卖药的赶紧关了门。

卖药的："去过了？"

感冒的："去了。"

卖药的："好了？"

感冒的："没好，那鹿是骗子。"

卖药的："啧。"

感冒的："上岛就看见它了，甩着犄角。看我来，一下脸就红了，问我，你是听了别人的梦来治感冒的吧？哎呀，我看出你感冒两年多了，太不好意思了，我其实治不了。我就是一只鹿在岛上太寂寞，想哄人来。"

卖药的："然后呢？"

感冒的："我也没处去，就陪它在岛上住了两年，吃吃鹿角炖海鲜，跟它学些点石成金的把戏。"

卖药的："有啥用啊，还是治不好感冒。"

感冒的："没事，治不好就治不好吧，现在这样也挺好。"

感冒的起身要走，又回头："卖药的，你也算对不起我，再送我盒康泰克吧。"

　　卖药的："送你两盒。"

卖灯婆

　　海岛，海滩上多有卖许愿灯的，下面一支小蜡烛，上面是纸套，热气上升，往天顶飞，飞到没有热气。也叫孔明灯。

　　她卖许愿灯已六七年。

　　灯是卖给游客的，多为情侣，给支笔写些话。点火时她会念些祈福咒语。其实就是用乡音说些吉祥话，海边卖灯的都会念，游客也听不懂。

　　没什么特别的内容，爱情长久、家庭和睦、身体健康。

　　卖得久了，她会在念咒时为自己祈福，占了这种虚无飘渺的便宜带来的负罪感很快就会消失——祈福没什么用。她还是在海边卖灯。

　　她忍不住念起不好的咒语，这些手拉手的情侣能为一个纸灯付那么多钱，还需要祈什么福?

　　事实也是不论她念得多恶毒，他们还是手牵着手，看灯飞，给钱，向她致谢，沿着海岸走远。

　　念什么根本无所谓。

后来她就乱念了，诅咒祈福混在一起，有时就是讲讲自己的事，对着灯火。

"祝你们爱情永恒，却每天打架，我刚吃了米粉，一只螃蟹跑到灯下面了。"

她抬头看海滩上其他卖灯的，想到他们可能也都是乱念的。

她想，绕了一圈，还是做了跟大家一样的人。

又想，不知道大家绕了几圈。

葬礼上的魔术师

他披着黑色长袍坐在医院的走廊里，接受现实对他的羞辱。

最开始别人介绍他干这个时，别人已经料到了他难以接受，别人也没打算给他做什么心理建设，别人也有自己的人生问题。

别人只是说："演一场给两千，能演大变活人给三千，本家高兴还有红包，管饭，肯定是好饭，干不干？"

今天本家不可能高兴，本家的弟弟，几个喝醉的还戴着孝的亲戚现在都坐在他附近，瞪着他，骂他，一是表明孝心、忠心，二是借此醒酒。

他早已没有选择权，虽然他在国际上得过奖。他还差点儿上了春晚，曾经，他是一个想一想前途就招人嫉妒的魔术师，曾经。

现在，差点儿就是差点儿，国际上的奖说了没人听过，也没人愿意听，人们只是等着看他怎么把人切成两半再合上。

他说："干。"

在葬礼上演魔术，相比起难以接受，更亟待解决的问题是怎么演。能不能笑？能不能从嘴里掏出彩色的绳？还是换成白色的？

帮他解决这些困惑的，是第二次表演时看到的脱衣舞演员，她教会了他，该怎么演，还怎么演。

行吧，他想。

到今天，他接白活儿已经有一年多了，小有名气，附近城镇有白事的都会请他。今天，他心情不太好，当然不是因为死了人，是因为昨晚他在电视上看到了以前的朋友。以前，他可是要叫自己王老师的。不过他不承认是心情影响了自己，怪就怪那个人自己喝多了，或者是道具的问题。

"王老师，"这个葬礼总管他合作过多次，当时他跑过来，还端着碗，嘴里嚼着东西，"您来了啊，先吃口饭，今天饭不错。"

他："行。"

到他上场，唱歌、唱戏、跳舞的都撤了，他压轴。人们欢呼，人们已经喝得差不多了，等他演完，葬礼的悲伤就彻底过去了，如果曾经有过的话。

变兔子、点火、水晶球……小把戏弄完，他要在现场挑个观众演插剑，一年多的经验告诉他，他们爱看这个。

死者的长子，花大钱操办葬礼的本家被亲朋好友哄上来，说过了，他喝多了。助手把这醉鬼请进箱子，把向观众展示完的剑递给魔术师，他拿起来用优雅的姿势插向箱子……

对，也很有可能是助手的错。这个新来的。

"王老师，喝口水吧。"助手买完矿泉水回来，递给他，眼神还在慌。

他："不喝。"

说完，他还是拿过水拧开了，闹这个情绪干吗呢？还是个小女孩。医院走廊里还有些别的人，因为别的事唉声叹气。

助手："王老师，人怎么样了？"

魔术师还没说话，旁边伤者的弟弟说话了："怎么样了？你们还有脸问怎么样了？"

魔术师想，我并没有问。

"算了算了，"总管插话，"先别吵，咱们等等看医生咋说吧。"

弟弟："你他妈闭嘴，这二把刀就是你请来的，还什么魔术大师，国际上得过奖，我哥要是有个三长两短，你也跑不了！"

总管闭了嘴。

魔术师一直没说话。

护士推门，医生出来，弟弟扑上去。

弟弟："我哥咋说？"

哥其实没大事儿，但哥有嘱咐："大夫，今天我爸葬礼，我又挨一剑，你说我冤不冤？葬礼上见红，你说晦气不晦气？是就擦破点儿皮，可这事儿气人不气人？"

哥没往下说，医生就收了哥的钱。医生表示，虽然让魔术师给扎伤的是第一回见，但这种病人我见多了。

医生还跟哥说："我刚看见一堆披麻戴孝的冲进来，还以为是医闹呢。"

两人哄笑起来，护士赶紧提醒他们门外还有悲伤的人群。

医生面对悲伤的人群，看看弟弟，看看魔术师："伤势比较严重。"

护士接过医生的血手套，两人配合多年。

医生："还得住院观察一段时间。"

嫂子适时哭了起来："我那苦命的……"

　　嫂子已经为死去的公公哭了一天，此时嗓子已哑，苦命后面只见嘴动泪流，声儿出不来了。

　　亲朋也都含泪，弟弟的老婆赶紧扶住要往地上坐的嫂子，跟着哭起来。都看着呢。

　　弟媳："咱家今天是倒了什么霉啊……"

　　情绪到了，弟弟开始往魔术师这儿冲，总管上去拦，医生也上去拦。

　　医生耳语："你再打了他，这事儿还说得清吗？"

　　弟弟不动了，弟弟问："你说现在怎么办吧？"

　　魔术师把矿泉水拧好，一递，助手没接。

　　魔术师心想，新来的，还不如个护士。

　　魔术师："我进去看看。"

　　于是众人进病房，医生和护士走在最后，医生偷偷掐了护士的屁股，护士打他的手。

　　魔术师："对不起。"

　　哥："行行，说这些没用，我也没劲儿骂你，说个解决办法吧。"

　　魔术师再次把矿泉水一递，这回助手终于接了过去。

　　魔术师回头看人群，都是哭红的眼，里面没有哀伤。

　　魔术师："所有医药费我付，您还需要什么精神赔偿我也付，只是请您允许我再变一次魔术。"

　　"我 × 你……"弟弟骂着就要扑上来，再次被医生拉住。助手也挺身挡在魔术师身前："你们不许碰王老师！"

　　魔术师心想，这女孩儿这么快就跟这些人学坏了。

　　魔术师："今天的失误绝不是我的真实水平，我要给大家演一次'大变活人'。"

今天他在电视上看见以前的朋友就是演"大变活人"的，其中关隘，很多都是他教的。

弟弟："演他妈什么演，给你脸了是不是？"

嫂子哭："我那苦命的……"

弟媳也哭："还演？我公公、我哥，还有心情演……"

戴孝的人群也喧闹起来。

护士在人群后偷偷跟医生耳语："今晚去我家啊？"

医生："老婆在。"

护士正要进一步表演，就隔着人群看见魔术师摘下了他的黑袍子。

哥看见黑袍子从魔术师的脖子上解下来。魔术师看了他一眼，黑袍子像风从自己上空刮过。风停后，它系回了魔术师的脖子上，哥没明白是怎么回事，没明白为什么人群都盯着他。

人群也没明白。

他们看不见哥了。

魔术师鞠躬谢幕。

这是真的谢幕，他刚在走廊就想通了，这是他这辈子表演的最后一个魔术。

电梯事故

他穿了一身运动服，早上跑完步来图书馆借了几本书，心里觉得自己走的是人生正轨。

排队进电梯时他站在第一个，看看身后也没多少人，不需要谦让谁。

他跨进电梯，电梯忽然上升，不是很快，但他也只来得及收回迈出的腿，他被拦腰夹住了。电梯里是上半身和书，电梯外是悬空的双腿和尖叫的人群。

他在新闻上见过这种事，上次被夹住的人死了。关于那件事的评论里，各种媒体以自身所学给出应急建议：不要慌乱；要主动指挥人群施救，因为人群不知道自己该干什么；想办法阻止电梯继续上升……

当时他还评论了最后这个建议，他说："那能有什么办法？"

可能是对人生正轨的追求激发了他，真的有办法。他一边把怀里的书推到腰际，一边冲身后喊："刚刚偷偷看身边长腿帅哥的那俩姑娘，让你们旁边的那长腿帅哥把耳机摘了，把你们的书给他。帅哥，把书垫在我腰两边卡住，阻止电梯继续上升！"

后面一阵乱，《申论范文精解》《苦妓回忆录》《新教伦理与资本主义精神》，这个谁都没想过的书目组合暂时救了他的命。肚子放松了下来，他想，只要上升的电梯能稍微下落一点点，他甚至可以倒退出来。

电梯墙反光，他能看见自己的脸和外面人的头顶，也有人跟他说话，但没有任何意义，只是喊着让他平静，说已经叫了救援，让他放心。

他想，人真是无能为力。

外面的人越聚越多，更多的头顶，后面的人的话已经听不清了。

后面的人在议论。

"怎么了？"

"卡电梯里了。"

"咋卡的？"

"就是刚往里一走，电梯升上去了。"

"叫人了吗？"

"这谁都有可能赶上啊。"

"你别拍照了，真行，多吓人啊。"

"前面那些人干吗呢？"

"我小时候有一次也是差点儿……"

……

他趴着，虽然第一时间绷住了腹肌，六块，但内脏肯定还是受伤了，现在疼得说不出话，又不想哀号让后面的人有话可聊。他想到了退出去的办法，但说不出来。

好在有个带米老鼠帽子的姑娘也想到了——他刚才就看这帽子顺眼。

米老鼠："大家静一下！现在书卡住了，但不知道能坚持多久，我们不能等救援的人来。一个电梯有多重我也不知道，但咱们试试。你俩，去找墩布，硬杆的，插进去，杠杆原理，往上推杆，电梯向下！剩下的男生，力气大、体重够的，一起拉电梯；再来两个人，你俩，一人抱一只脚，把他拽出来！"

他听着布置，想着出来一定要见见米老鼠。

众人行动起来，后面说话的不能帮上忙，但至少让开了通路。

一二三，计划实施，他被拽了出来，人群鼓掌欢呼，人群有很多话讲。

"牛 × 啊。"

"这小伙儿命太大了。"

"这不刘畅吗？刘畅！你没事儿吧？"

"现在能拍照了吧？"

"真好啊，我小时候有一次也是差点儿……"

……

他迎面看见了米老鼠，一张等待表扬的脸，忽然没了说话的兴致，痛苦点头致谢，人们扛着他走下楼梯。

人群看看电梯，也跟着走了楼梯，还有俩人没走。

"你刚才说你小时候有一次也差点儿？"

"对啊。"

"咋回事？"

"小时候我在床上乱爬，差点儿掉地上摔死，然后……"

"那能一样吗？"说完走了。

　　小时候差点儿摔死的人站在原地，看着电梯，心想，自己当时真的差点儿死了，比今天的情形凶险多了。

　　有人走过来，看到电梯的样子，露出费解的眼神。

　　小时候差点儿摔死的人说："想知道咋回事儿？"

　　"嗯。"

　　"我可以告诉你，但你得先听听我小时候差点儿摔死的故事。"

宇宙大王的葬礼

宇宙中不自知的人们，我要讲述的是宇宙大王的一生。三十一年在位期间，宇宙大王拥有一切，创造一切。在刚刚过去的十月的第一个星期一的晚高峰期间，一辆车终结了辉煌的统治史。宇宙大王在病床上度过了最后的三天，我有幸参加了他的葬礼。

目前，这个曾经平静的宇宙将重新陷入混乱；目前，每日做工的木匠、宇航员、得到神启的画家、通灵者、不可一世的国王，心中将会感到一阵茫然；目前，少数知晓秘密的先知和政府工作人员将永远埋葬秘密，就像我们共同埋葬他的尸体；目前，海中鱼、天上鸟、你床边的狗都默然哀悼，拒绝进食；目前，树木做回树木，石头还是石头，水汇入水，宇宙不再是宇宙。

目前，宇宙大王死了，不自知的人们，只能听我讲述这一切。

在病床上的第一天，大王向我安排遗产的归属。我们知道，在星际间一些有资格或实力让他显得有资格的生命体正在赶来，谁都想争夺宇宙大王的遗产，可这遗产——整个宇宙，要如何继承？

宇宙归宇宙全体所有，关键在宇宙大王统治这一切的方式，这涉及密码、蝴蝶、隐喻和意识深处。

"地球每绕太阳转半圈就会有误差，是我调整的，我为此嘱托几位科学家给出过公式，让一切看起来尽量自然。"宇宙大王向我举过这样的例子。

我曾在一个早上被大雨吵醒，宇宙大王说这是他安排好的闹钟。那场大雨下了一个月，在雨停时，大王说："愿你已获得足够的清醒。"

一个国家对另一个国家宣战，有些人需要死去，就像有些主义需要伸张。宇宙大王曾经在梦中给愤怒的独裁者送去一个女人，又带走了。既然在他梦中出现过这位独裁者，这独裁者的梦中就一定出现过宇宙大王。这就是战争唯一需要的借口。

一切规律都是宇宙大王定下的，有重力是因为他需要把海水按在地上；有浮力是因为他认为鱼也有资格飞行。

人与人难以交流是怕熟知终会导致全面的乏味，人与人相爱是让人在活着时就能体验死亡。

土地，归于耕种的人；耕种的人，归于掌权的人；掌权的人，归于空虚。

早点吃油条还是三明治，眼睛是蓝色还是黑色，最担忧的问题是吃不饱饭还是恐龙灭绝，喜欢杀人或者救人，爱好在跳舞时回忆前世或者一边舔手指一边思念死去的老板。这都不重要，宇宙大王自有安排。

知晓宇宙大王存在的人时常满怀担忧但从没想过他真的会死去。那个星期一的晚高峰，我不知道他为什么会出现在那里。肇事车辆速度极慢，慢到没有可能肇事。事实上，它也只是蹭过了宇宙大王的衣角。监视镜头显示，大王当时没有任何异象，他是在半小时后倒在另一个街头，被另一个人发现的。

我赶到医院时，他已开始死亡。他向我宣布遗嘱，并要求所有医护人员出去。

宇宙中不自知的人们，这是大王当天说的话：

"你们还是住在银河系吧。外面的地方再好，不适应都是白搭。我在A蛇星上有后代，现在共计十代六十万人，这些人是我的直系血亲，有什么事都可以找他们。恒星……算了，恒星的使用方法我不打算告诉任何人，出过的事故太多了。地球上，老实讲，地球上没什么值得继承的东西，结构在败坏，虽然我是有意的；人心有规律，也就意味着乏味，我不给你们人心；大海，大海还不错，你们可以继承大海。"

第一天，医生宣布医治无效，病因不明，身上没有伤口。可每隔一小时床单就被血浸透了。

"回家吧，也就是我长住的那个房子。"宇宙大王这次发号施令没有使用任何暗语，也没有作用于我的潜意识，他选择了直接告诉我，"那里还有些遗产可以给你。"

一本无字书，几幅画作，分别描绘宇宙之外与原子核内的景色。"不是不想直接用照相机，是我根本懒得去，在床上看看画画就好。"

还有几件旧衣服、旧玩具，一盆还没死的花，宇宙大王的嘱托是："送我表弟吧，其中秘闻他或许可以揭晓。"

"不要伤心，死亡也是我自己安排好的。"

葬礼订在两天后，大王亲自确认死期，亲自通知全宇宙。

朋友们、超能力者、有钱有权从小被势利眼灌溉长大的孩子们、从一个星球向另一个星球贩卖新鲜牛奶的商人、唱过歌给宇宙大王并收到了一块钱的残疾人，大家在空间与时间的各个角落加入葬礼，开始哀悼。

美国一位饶舌歌手杀人入狱后被保释，表达着他对宇宙大王起死回生的祝福。文化部门新出台的白皮书不允许在电视上提到同性恋，是希望这一不自知的群体也能陷入悲痛。无人深海里一只鱼咬死另一只鱼，只因另一只鱼太过蒙昧，在葬礼的前一天还在四处求偶。校园里年轻的枪手在射杀四位同学后举枪自杀；"五"，是他心中用来哀悼的最好的数字。

葬礼，不可避免的葬礼。

现场只有我一个人知道宇宙大王的真实身份：性别男，三十一岁，死因不详，同意火化。

操控焚化炉的工人跟我再三确认了宇宙大王的身体里没有除自然所赠外的任何东西，这可怜的工人曾因一个爆炸的心脏起搏器被扣掉了半个月的工资。

没有，他是宇宙大王，是从出生起就与我不在同一个世界的儿子，他的身体虽然经过多年治疗，但没留下任何医学痕迹——因为他无法医治。他的一切都是自然所赠，包括他无解的脑子。

宇宙中不自知的人们，我在这里替各位守着宇宙大王下葬，只有我。他的母亲在七年前已死于疲惫。

火点着了，工人想快点下班，我还没能感到放松。永别了，宇宙大王，愿你没有停歇过的大脑停歇，愿你终于获得如宇宙般宁静的宁静。

永别了，我的儿子。

在尽头处，在时空衰败的地方，在问题的核心，愿我们还能再次相见，愿我们终于能交流，愿我们永远是父子。

您好，您认识陈奕名吗

"您好，您认识一个叫王达的人吗？"

"不认识。"

有人告诉陈奕名王达在这家公司，问了前台说不知道，可能是敷衍。敷衍是一个前台的主要工作。是所有人的主要工作。

陈奕名绕过前台进去，走，有人跟他眼神接触，就问一句："您好您认识王达吗？"

"不认识。"

都这么说。

可能在楼里其他公司？

走到楼梯间，有人抽烟，陈奕名又问了一句。

"不认识。"

陈奕名："给颗烟抽？"

抽完上楼，找了一层，没有，又上一层，没有。很累。

顶楼的办公室气氛庄严，一间一间都关着门。敲这样的门是不礼貌又冒险的，可王达或许在里面。

陈奕名敲开门，一男一女，男的穿着泳衣，笑眯眯的："送来了？"

陈奕名："不好意思，请问您认识王达吗？"

泳衣男："不认识，你是谁？"

陈奕名退出来。

再敲门，里面的老人坐着轮椅，西装价钱在三万块以上，穿着睡裤。

陈奕名："不好意思，请问您认识王达吗？"

老人点头。

陈奕名："您能告诉我他在哪儿吗？"

老人点头。

陈奕名想再进，身后有保安过来，泳衣男还是穿着泳衣，走在后面。"带走带走，把门关上。"

老人点头。

门关上。

泳衣男："老头儿傻了，你说啥他都点头，这儿没有叫王达的，赶紧出去吧。"

陈奕名出了大楼。街上肃静，有个女人在路边翻包，她儿子蹲在旁边抠地。

陈奕名："您好，您认识王达吗？"

女："不认识。"

陈奕名看小孩儿。

小孩儿："不认识。"

有个胖子从大楼出来，拉着箱子。

陈奕名："您认识王达吗？"

胖子不说话。

陈奕名又问。

胖子："我被开除了，为什么？又不是我的错，你说为什么？"

胖子还想再说，陈奕名走开了。

陈奕名在大楼下徘徊，有一瞬间他感觉自己看见了王达，追上去，也说不认识。

陈奕名坐到路边，接下来要干吗，不知道。

街道更肃静了，天晚，下班，人出来。

有一个人走过他身边，拎着包。

人："您好，您认识一个叫陈奕名的人吗？"

陈奕名看他，这人与身后大楼在一幅构图中，陈奕名想用手机拍下来，但太累了。

陈奕名："不认识。"

不忠

情人："又是非走不可呗？"

丈夫："嗯。"

情人："那路上注意安全。"

丈夫："嗯。"

他们维持这样的关系已经两年了，每晚九点，最晚不超过十点，丈夫就要离开，回到妻子那里去。

两人是在一个饭局上认识的。他结婚了，她有男朋友，那天大家喝了很多酒。简单说就是这样。

他坐下就盯着她看，旁边有认识的朋友起哄，都知道他不老实，喜欢耍嘴皮子，占些拉拉手的便宜。过的是什么瘾，朋友们也不知道，只知道很多朋友也这样。

那天酒局换了几处，下午四点开喝，由头忘了，好像就是他心情不好，拉了朋友陪。朋友们表示下午四点喝酒算是全新体验，招呼了一圈，就有了新朋友来，其中就有她。

他平时是张冷脸，喝过两杯换笑脸。那天她进来，刚喝了一杯，倒也没换笑脸，是换了眼神，按现场身边朋友的说法是："我 × 我 ×，你们看，这傻 × 眼睛里全是对生命的渴望啊，哈哈哈。"

喝到六点，要去另外的地方。包括她有俩人都是开车来的，怎么开走呢？她说："我叫我男朋友过来吧，他一直嚷嚷着要来。"

丈夫就不高兴了："不好吧，别让人家来了，来了我怕他心情不好。"

大家哄笑一阵，当然还是来了，来了丈夫也是醉醺醺地跟人家握手，致谢，说不好意思麻烦你。

说是这么说，换到第二家坐下，嘴上是收敛了，渴求生命的眼神却没退。

中途上厕所。

朋友："你差不多行了，人家男朋友谈一年多了，奔着结婚去的，都跟咱们似的啊？"

丈夫："没不让他们奔着结婚去啊。"

朋友笑："一会儿挨打我不管你啊。"

丈夫："不会不会，我就是瞎浪，我还能怎么着？我这么怕疼的人。"

要真是瞎浪，肯定要嘴硬，要吹，要浪到底，心里真活动了，嘴上才要否认，朋友听完是这么想的，后来的事也是这么发生的。

没过多久，她就分了手，成了他的情人。他还是丈夫。

丈夫有一大堆经得起推敲的理由，她则简单得多，她有点儿喜欢他，恰好不再那么喜欢男朋友了。这种事儿总是很容易恰好。

"你别觉得怎么回事儿，不是冲你，你也不用跑。"她告诉他自己分手了，然后说了这样的话。

丈夫："不跑。"

又说，"真分手啊？你男朋友其实人不错。"

情人："出息吧你，你怕我赖上你啊？"

丈夫："我是怕你后悔。"

情人："那也不关你的事儿。"

他们的交流大体是这样，嘴上他贱一点儿，她横一点儿。见了面，还是他贱一点儿，她横一点儿。只是情人心里知道，关系里，是她贱一点儿，他横一点儿。

因为每晚九点，最晚不超过十点，丈夫就要离开，回到妻子那里去。

开始时她根本不介意，两人甚至没为这件事儿解释过，自有默契。他从床上爬起来，穿上衣服，开两句玩笑，亲亲她，就走了。她会送他到门口，回家的路上，他一边开车一边给她打电话。

丈夫："今天满意吗？"

情人："你不是问了吗？"

丈夫："那是刚结束，不客观，你现在再回头体会一下。"

情人稍一停顿，他就赶紧追一句："你是不是正在体会？"

情人："滚。"

快到家他会挂掉电话，她会去泡个澡，看看他吃饭时提到的电影。

最开始，他们见面算是频繁，不一定非得晚上。有时是中午吃饭，有时是下午看电影，有时是她拉着他逛街。虽然坚持不用，他还是会帮她买衣服。

有时她觉得真挺像谈恋爱的，如果不是每晚他都要回家。

有时她觉得不能这么想，这么想最后难受的是自己。

他对她很好，会给她做饭，会准备礼物，不只是在节庆，也不只是贵，是费了心血的。

可他会突然吃饭时不讲话，问他，还是笑，说："心情烦躁，我闭会儿嘴，你也清净。"

笑里面是冷淡。

她想起第一次见面时朋友说，这人今天发情了，平时是个冷脸。

她也才意识到，她之前没怎么见过他平时的样子，相处久了，相处就成了平时。

可他没有跟她分开的意思，有空就来找她，他还有多少情人，她不知道，也不问。她也会找其他男人，偶尔也会带回家，只是跟丈夫在一起的这两年，确实没谈过其他恋爱。

在一起七八个月的时候他消失了几天，微信不回，手机不接，她心里想，可能就这么结束了，自己也早知道，还能有什么好下场吗？跟这么一个烂人。

后来是他自己跑来的，喝多了，倒在她床上。她想赶他出去，终究是没忍心。

她还笑他："你可以啊，喝酒时间越来越早了。"

他没搭话，他们一起睡觉，她叫了外卖，他们再睡觉。到了九点，他没提走的事，她也没提。到了十点，他爬起来穿衣服，亲亲她，没讲笑话。

她："又是非走不可呗？"

他："嗯。"

她："那路上注意安全。"

他："嗯。"

走到门口，她说："你什么时候能不走？"

他站住看她，脸越发冷。她后悔问这个问题，比起真的渴望他不走，这问题更像是没话找话。

他："不知道。"

好在他给了回答，她赶紧换上轻蔑的脸，赶紧笑："你就没知道过。走吧，下次来打个电话，别看着什么不该看的。"

他："嗯。"

那天他没开车，在路上也没给她打电话，只是很晚她收到一条微信："我真的很喜欢你。"

她回了一个"我也是"。并没有仔细思考。

那天之后的一段时间，他还是常常喝醉了就来，不打电话，她都疑心他是不是故意想碰上什么。

有时他喝多了开车。她不让他开，他还生气。

丈夫："我开车怎么了？我不开谁开？叫你男朋友来开啊？"

她想起之前问他为什么那么爱喝酒，他嬉皮笑脸地说："医生的说法是，我有自毁倾向。"

她："你还看过医生啊？"

他："没啊，但是医生会这么说的。"

她现在想想，觉得他是对的，医生也是。

她也懒得管他，由他开车回他妻子那里去，她要承认，她是这么想过的：他死了，关我什么事？

不过当晚她还是会发微信问他："傻 × 你到家了吗？"

丈夫回："到了，早睡。"

那段时间，他们之间不再只是情人间的开心，还多了互相攻击，攻击之后和好，赶走之后装作没事发生，总之，他们越来越像夫妻。

她不知道怎么继续下去，他给了建议："你再找个情人，就好了呗。"

她心想，这人像一种毒品、传染病，在他身边对自己不好。

又想起自己有过的那些短暂的约会，不知该怪他，还是自己本身也是一样的人。

是不是也是因为这样，所以才会喜欢他？

时间久了，他不正常的次数少了，来她家的频率也越来越高，有时整周都在，只是她家里从来没有他的洗漱用品，因为他每晚都要回家。

她躺在床上开玩笑，说你真不打算离婚吗？

他这次倒没给一大堆经得起推敲的理由，只是笑："离不了了。"

她也懒得问，也想，他真离了，跟这样一个人在一起，是不是好事？

在一起两年多，有一天下午四点，朋友给她打电话，问要不要一起喝酒，还在那次见面的那家酒吧。

朋友："咱们都喝得特多，那谁一晚上都看你那次。他又想喝酒，你来不来？"

他们俩在一起的事儿没告诉过谁，保密虽无必要却好像是做情人的本分。

他们进来，坐下，喝酒，大家开开玩笑，只是气氛一直没有放开。朋友们会像成年人一样叹气，举起杯像成年人一样说话："来吧，过去了就过去了，这样挺好的。"

_ 234

都特意跟他碰杯，他也碰，也笑："挺好的，挺好的。"

她不明白怎么回事，她还是像上次一样坐他对面，看他，他也没解答。

去厕所时，她堵住那个朋友，问了，朋友告诉她："哎，你不知道吗？我还以为你俩挺好的……他老婆去年死了，心脏病。"

她没说话。

朋友："你真不知道吗？我以为你俩……他发了一阵疯，现在好了，你看又跟以前一样了。这人啊，就是嘴炮，以前有老婆天天出来玩儿，现在老婆没了，也没找新的，我们叫了几次，都不出来，说每天都要回家。今儿是头一回主动。"

她走回桌前，跟朋友换了座位，坐到他身边，看着他。

酒吧里音乐正好盖得住足够小的声音。

情人小声问："今晚你还回家吗？"

丈夫："他们跟你说了啊？"

情人："嗯，今晚你还回家吗？"

他举起杯喝了一口。

情人："你每天就是回家？

丈夫："嗯。"

情人："不是去了别人那儿？"

丈夫："没别人。"

她感觉音乐就快盖不住。

情人："为什么？"

丈夫："不知道。"

估计就是这样的回答。

情人："你就没知道过。"

她想，真是个烂人。

她也没有起身离席，继续喝了下去。

他今晚来我家，我还是不会拒绝吧?

他今晚还是要回家吧?

为什么? 不知道。

朋友们又像成年人一样举杯："来来来，喝一杯。"

喝一杯吧，不然怎么办。

荒谬之神与我相遇的夜晚

"神是人想象出来的，那么对神来说，人就是神。"

人相信神，神就存在。人相信神能决定人的生死，神就能决定人的生死。

这世上还有一个人相信某个神，这个神就存在。

多数神行神迹，水上走一走，云上冒冒光，信神的人看了，就激动，就感恩，就跟身边的人显摆："我他妈说什么来着？"信这神的就更多。

但神迹不可行太多，多了，人对神迹要求就高了，光走不行得劈海，光晃眼不行还得圣洁，神就忙了，就工作量饱和了。

神跟人一样，喜欢躺着多过站着。

也有少数神不行神迹，原因大体有三：

一是真拿自己当神了，牛×了，早上起来照镜子觉得没谁了，不想跟下面的傻×多交流了。

二是学会思考了，觉得自己的人生得自己掌握，不相信命运！不能你们希望我干什么，我就干什么，我成什么了？

神跟人一样，对自我看得重，对命运理解不透彻，对生活有幻觉。

三是彻底烦了，不想当神了，谁同意你们把我想象出来了？谁同意你们拜我了？谁同意你觉得我为了缓解找不到女朋友的焦虑就创造了世界，还长了四只手、两个头？

哪个神不行神迹，信这神的人就会越来越少。等到没人信了，这神就会死，这是神自杀的方式。

我自己雕了荒谬之神的像，今晚在我最后一次拜它时，它忽然活了过来。我的卧室里充满了水一样的光，四只手挥舞着，两张嘴喷着唾沫，对我说了以上这番话。

荒谬之神接着说："朋友啊，小伙儿，大哥，你为什么要信一个这么傻×的神呢？你是不是有病？我为什么找不到女朋友？把像砸了，改信个大伙儿都信的，好不好？我真是活够了，活够了你也懂吧？同情同情我，好不好？让我死呗，行不行？"

我跪下："荒谬之神！果然您是存在的！我不想驳您面子，可是我有难处啊，如果您今天没来这事儿还有商量，可您如今显了灵，行了神迹，叫我如何不相信您的存在啊！"

荒谬之神默然，摇摇头。

过一会儿又说："那能不能让我只有两只手？"

我点头："还能把您想得更帅一点儿，俩头都是。"

荒谬之神向我致谢后脱离了雕像，光影效果抖一抖，散了。

我走到桌边，收起了准备好的药，决定不死了，至少这世上还有东西是真实存在的，至少这世上还有东西是不荒谬的，至少还有我的神证明我对世界的判断是对的。至少在我找到下一个肯相信他存在的人之前，不死了。

今晚他来找我，究竟是求死还是求生？是救我还是自救？或者是我在救自己？我又是谁想象出来的？

他家里有没有我的雕像？

我走回床边，试着睡个好觉。

愿您也睡个好觉，不用再行神迹，躺着多过站着，我的荒谬之神。

想法

散碎，观察，记录。

可是我不想去罗马

一

上海常德路上有一家佛教居士林，就在马路旁边，敞着门。进去迎面是爱国爱教之类的横幅，往里走有排成一排的五个大香炉，只有一个冒烟。旁边有保安，看我一眼，就又盯着香炉发呆了。一个父亲领着孩子在上香，孩子好像有些残疾。父亲和孩子都没有看我。

香炉旁有栋四层的建筑，能看见二楼是间很大的教室，一顶棚白炽灯都亮着，传出好多人诵经的声音。听不出他们是什么情绪。

听了一会儿，出来了。

二

后来去买短裤，先看中一条，觉得价钱太高。很久不买衣服，印象中短裤不该这么贵吧，就又去了几家店，发现原来都差不多。当然是走回第一家去买那条，当然是已经卖出去了。

这类事真是常常发生。

三

想到，有时所谓"事后诸葛亮"，可能是他事前说的时候根本没人听。

四

前一阵看了纪录片《无涯》，拍的是"杜琪峰和他的电影世界"，好看。杜琪峰才华过人，又认真，想起了周星驰和我以前的大佬。都是很天真的人，又事事追求完美，对人要求就高，在这样的人身边做事很累。过后想，进入一个行业，能跟着这样的人一起做事，实在是万幸。

《无涯》里杜琪峰的徒弟郑保瑞也说："都是他一个人在撑，没有他就没有我们。"

五

又想到，职场中所谓知遇之恩一类的"恩情"，只有下属承认的时候才存在。老板自己觉得有恩是不可靠的，要是再表达出来"我对你有恩啊"，就只会让人尴尬。

而且真正对你有知遇之恩的老板，比如我的大佬，在向她表示感激时，她的反应永远是很快地打断我。

喜欢这样会害臊的人。心里更加感激。

六

脱口秀演员路易在自编、自导、自演的剧里，被他的女朋友说了这么一番话："你们（路易和他的脱口秀演员朋友们）并没有什么特别的，也没有什么才华，你们有一些是比别人幸运，有一些是比别人努力。就是这样而已。你们只是普通人。"

喜欢路易在剧里安排这样的情节。

喜欢这样会害臊的人。还很丧。

七

其实多少还是有才华的，哪怕是小聪明。小聪明也不是人人都有的。有点儿小聪明，不为此自喜就不错了。

现在的风气是连才华都不怎么聊了，都聊情怀了。真是没什么好聊的了。

八

今年已经过去了七个月，回头想想，无事可提。还是觉得自己在原地踏步，只是没有以前那么焦虑了。不知道是好事还是坏事。

自己觉得没什么变化，倒是有多位朋友表示我身上没有少年气了。还有初次见面的，也是上来就问："咦，你怎么那么显老？"

三年前写的话："你知道吗？我年轻的时候想做许多事，我想恋爱、吸毒、周游世界，就是人们年轻的时候都想做的那些事。你知道最令人烦恼的部分是什么吗？就是我现在正是年轻的时候，可实际上我什么都不想做。我只是觉得要对年轻有个交代才说了那些蠢话。我在等着年轻过去。"

总算要过去了，挺好。

九

那天一起喝酒，吵吵嚷嚷，一个朋友突然说了一句："条条大路通罗马，可是我不想去罗马。"

十

是，我也不想去。

都是草哇

一

机场摆渡车上，女的三十岁左右，名牌包、名牌鞋、名牌耳环，脸有倦意，脸皮光鲜。男的五十岁，头发偏分，油，脸黑，皱纹深。脏脏旧旧的 Polo 衫，西裤皮鞋，皮带勒不住肚子。

女的："吴总啊，其实台北到北京有直飞航班的。"男的："什么？"女的："我说台北可以直接飞到北京的。"男的"哦哦"两声。

女的语气一沉："吴总还绕道上海，专门来接我呀？"

男的又没听清："什么？"

女的还在维持之前的语气："我说吴总专程来上海接我呀。"男的："哦哦，我上海有个会。"

两人沉默。女的摆弄了一下手包，男的挖了挖鼻孔。

不知道他是木讷，是正派，还是深谙技巧。或者只是嫌这女的讨厌。

二

回内蒙古参加了好朋友的婚礼，当伴郎。

回去才知道，伴娘是之前的女朋友。

婚礼上，新郎新娘要在很多非己所愿的来宾的瞩目下搀着手走过一段很长的红毯。伴郎伴娘也要。

想着挺尴尬，真走的时候只剩警惕，怕踩到新娘的裙子。

真荒唐。给谁看呢？

我可能一辈子都不会再走这样的东西了。我也没那么多朋友。

三

都在健身，健身的人都颇自喜。

想到，健身跑步，跟炼丹采药，追求的实在是一样的东西。

四

人要多脆弱，才会宣告自己热爱某一样东西。

五

婚礼后在朋友的新房喝多了，跟他的战友。

战友是蒙古族人，叫古德，汉语说不利索，现在牧区派出所做警察，说："牧区自杀的多啦，喝酒喝死的多啦，每天都处理这种事。就想不开啦，见不着人吧，大草原，也没意思，待久了，就不想待啦，都是草哇。

"你知道哇，上吊的，根本不用上房梁，就是门后拴个绳套，一钻，往下一坐，就死啦。人下巴这儿勒住了，动不了啦，手抬不起来啦，全身没劲儿啦，可能本来不想死，就是试试、闹闹，但是进去就完啦，坐那儿就死啦。

"我们去看，一看就是自杀哇，领导就说，你看一下，我们回去整理一下资料，叫法医哇。草原上路远，那一看就一晚上哇。"

"唉，跟个死人守一晚上，怕呢哇。"

"唉，干啥要死哇？"

"唉，来哇，喝吧。"

六

然后就喝多了。古德当晚九点的火车，据说我拉着他不让走，最后还要去火车站送他，全不记得了。

第二天早上一睁眼，我前女友站在门口，一时不知道这是在哪里、什么时间。

我："他们呢？"

她："新娘回门儿，都走了。"

我："就剩咱俩了？"

她："嗯。"

我开始笑，头非常疼："哈哈哈，牛 × 死了。我得再睡会儿。"

她："不行，昨天你吐了，我们为了照顾你，鬼片看了一半没看完，你得跟我看完，我自己不敢。"

于是陪她下楼看鬼片，头疼，躺在沙发上根本动不了。她榨了西瓜汁，我就一杯一杯地喝西瓜汁。她跟我讨论剧情，我还是一杯一杯地喝西瓜汁。

电影是去年还是前年出的《僵尸》，港片，据说是对港片、僵尸片的怀旧，风评很好。我感觉不太好看。

还是我太醉了，辜负了一切。

七

与许久不见的友人聊天。

她："你给我讲那个大卡车和出租车的故事吧。"

我："什么？"

她："你讲过的啊。"

我："什么啊，大卡车司机全部吸毒，边开车边吸，靠此熬过超载，熬过连续 48 小时以上的长途，熬过孤独。出租车就不用我讲了吧，出租车太喜欢倾诉了。"

她："唉。你当时讲的是：'大卡车第一次碰到出租车，大卡车说，我叫大卡车。出租车说，我叫出租车。大卡车说，你别叫了，我送你吧。'还挺好笑的。"

我："啊，这样啊。"

她："嗯，是这样。"

我："唉，这样啊。"

八

唉，我呀，烂笑话。

局促

理发，先洗头，一个很年轻的姑娘，工号 201，聊起天来亲切，体贴，刻意。

201："看你的样子是没睡好吧？"

其实我刚起床，睡了有 10 小时。

我："嗯。"

201："等下帮你冲眼睛，很放松的。我们先洗头，来你往下躺，水温还可以吧？"

我："嗯。"

我闭着眼，嘴也闭着。

201："看你的样子是经常熬夜吧？鼻子这边都发红了，上火了吧？这个季节要多喝水，你肯定是没喝水，等下帮你倒杯菊花茶吧？"

我："嗯，谢谢。"

说谢谢时我感觉嘴都没张开。

201："你鼻子红肯定是你拿手摸了对不对？不行的，手上有细菌，怎么能拿手摸呢？等下我用棉球帮你擦擦吧。"

我："不用了，谢谢。"

我已经开始出汗了。

201愈发关心："你是坐办公室的吧？坐一天累的嘞，腰疼吧？等下帮你按按，我们这样弯腰洗头也是累呀，不过没你们辛苦。"

其实我也不坐办公室。

我："嗯。"

嘴闭得更紧。

201："要给你用这个草本精华的洗发水吗？加十块钱。"

我："不用了，谢谢。"

想说赶紧洗完就好，终究说不出口。

201："这个力度可以吧？我给你冲了哟，水有点儿大，不大冲不干净的。"

背上汗越来越多。

201："我再给你洗一遍。"

连"嗯"都"嗯"不出了，身上肌肉都绷着。

201："洗好了，我拿条热毛巾帮你垫下脖子，不烫吧？给你冲下眼睛，你闭好了哟，不用那么用力啦，怎么样舒服吧？"

我还是紧闭着。脖子很烫。

我："嗯。"

有人经过，两人说了句话，不知她还是那人碰了什么，水压忽然变大，喷头上翘，越过我的脸，喷了我一身。

201："哎呀！不好意思啊！"

我抹了一把脸，睁开眼睛，肌肉终于放松下来。

我："没关系。"

幸好啊，她喷了这一身水，幸好啊。

201 手忙脚乱，拿着毛巾乱擦："对不起啊！"

我终于不欠她什么了，不用考虑怎么拒绝她的好意了。我只要原谅她就可以了。

想到这里，我又说了句"没关系"。心怀感激。

就像可以不收看《中国好声音》一样

一

之前去了一座很有名的寺庙，看一尊据说很灵的佛，人山人海，都捧着花，举着香，嘴里念念有词。香烟缭绕，呛鼻辣眼，寺里的保安拿出口罩戴了，坐在一旁看着各怀心事的人群，弓了背，反复搓着手掌，眼神疲惫。

想到，那尊佛应该也是这样吧。

二

求佛祖保佑家人健康、一生平安之类，是一种常见的荒谬。

不是说了无常吗？告诉你这世上没有，你还偏要，要就要吧，还偏跟我要。太没礼貌了。

不过佛祖应该也不在乎。

三

还有一种常见的荒谬是用量子力学什么的来佐证佛法，自以为是地给佛法贴金：看看，佛祖早就说过了。

对量子力学和佛法来说，都很尴尬。

佛法更尴尬一点儿。

四

今年过生日时在外面，一个人住酒店。晚上回去，桌上放了瓶酒，还写了简单的贺卡。"李先生，希望你在我们酒店度过一个快乐的生日"云云。

资本主义，温情脉脉。

我太容易被收买了。

五

微博的新闻推送不知道该怎么关，总是"当啷"一声收到这样的信息："女婴体内被插入16根钢针（图）"；"昆明小学发生踩踏事故，6人死亡（图）"；"6女生持刀逼学妹卖处（图）"。

这个"（图）"，卑鄙下贱而不自知，而不在乎。

新闻中的受害者、这样推送新闻的人，和看这样新闻的人，"当啷"一声，同时丧失尊严。

六

跟一个朋友吃饭，聊到了共同的另一个朋友，都表达了羡慕之情，说他勤奋、幸福、活得自带光环。

我说："可是我真的不知道。"

她说："我也真的不知道。"

前两天有朋友创业，拉我入伙。问我："你到底想做什么？想要什么？"

我又说了："我真的不知道。"

是真的不知道。这句话对好多人说过，好多人表示了理解。

以后尽量不说了，太撒娇了。

七

后来对一个朋友发表了自己对"创业热"的看法，刻薄了两句，又觉得自己这样的看法太过消极，也十分幼稚。

朋友说："我觉得人不是必须对创业有成熟的看法，就像可以不收看《中国好声音》一样。"

八

吃鱼头时想到,"鱼目混珠"这成语,对鱼来说,自然是另一番解释了。"鱼目"多么珍贵。

边吃边想,觉得简直能发展出一个童话:一条鱼,拿了自己的眼睛装作别人认为珍贵的珠,自我牺牲,骗过了敌人,换得海底世界十年安宁,还有美人芳心。

或者也没有敌人,只是这鱼挖了一颗眼珠当罕见的珠卖,发了大财。到了晚年,独眼的它写回忆录,揭露自己的骗术,当作一种成功经验分享给大家;并捐赠了自己的遗产,给印度洋底那些贫困的水族,治疗绝症、发展教育。大家纷纷感佩:"啊,有钱有德,人生赢家。"

回忆录就叫《鱼目混珠》,是当年海里的畅销书。海里也因此多了很多独眼的,甚至双盲的鱼。

九

我真是太无聊了。

十

人生赢家的头挺好吃的。

他不是韩国唯一会讲英语的司机

前两天去韩国玩儿，在江南晃悠到晚上，几个朋友提议去夜店："世界排名第六的夜店！"于是就去了，结果到了门口查 ID 才发现我没带护照，于是我就先回酒店。

打车，举着个截图说地址，做好了比画半天的准备，结果司机看了一眼就懂了，还问我："Where are you from？"

问得我一愣，来韩国几天从没碰到过会说英语的司机，说了"China"，系好安全带。

非常堵，我又住在江北，司机开口："今天是韩国的父亲母亲节，是最堵的一天。"

我："比圣诞节、新年还堵？"

司机点头。

我打开手机，没信号，想起随身 Wi-Fi 在朋友身上，我出门不爱装东西。关上手机想，在全年交通最差的一天，我没法儿上网，忘带护照……

又一摸兜，嗯，现金和卡果然也都放在朋友的包里。

我对司机说了我的处境，说等下到了要上去拿钱，我表示了歉意，他表示了同情："不幸的晚上。"

我说："至少我们可以聊天。"

司机："我喜欢跟外国人聊天，但我英语很差。"

我："我也是。"

他说英语很慎重，慢而诚恳，像《一一》里那个日本人大田。

车流没有动的意思，我至今都不知道韩国人为什么对父亲母亲节抱有这么大的热情。

我："你英语是什么时候学会的？"

司机："上高中的时候，很久以前了。我今年 59 岁了。"

我："有孩子吗？"

司机："有，一个男孩，在延世大学读书。"

大学的名字我是后来查的，很好查，因为他很骄傲地重复了几次："是韩国最好的大学，first class。"又说："我儿子，CPA。"

他把 C、P、A 代表的单词分别读给我听，我模糊明白，也是后来查到的，是注册会计师。

车窗右边一个巨大的绿色十字架，司机指了一下，说："Everywhere。"

确实到处都是。

我："你信吗？"

司机点点头，画了十字，说他信罗马天主教。

我不知道该怎么接。我们向前挪了一点儿，上了过江的桥，他告诉了我桥的名字,我已经忘了,又告诉我,首尔有二十多座这样的桥。

司机:"喜欢韩国吗?"

我:"喜欢。"

司机:"最喜欢韩国的什么?"

我想了想,说:"电影。我最喜欢的演员,用中文说,名字是宋康昊。"

司机:"哦哦,宋康昊。"

我:"还有一个叫崔岷植。"

司机:"哦哦,*Old Boy*(《老男孩》)。"

我拿出手机翻照片,告诉他我今天刚吃了活章鱼。

他笑起来有那种老年人的羞涩,又告诉了我活章鱼的韩语发音。我想不出他看《老男孩》时是什么表情。

前面的车挤在了一起,已经变了绿灯还是不动,他嘟囔了两句什么。

我:"看宋康昊的电影,我很喜欢听他说话,他总说:阿西!"

我拖长了尾音,他笑起来,看着前面的车,摇着头说:"阿西!"

司机:"我年轻时喜欢看李小龙的电影。当然人人都爱看李小龙。"

我:"你离开过韩国吗?"

司机:"没有。"

我:"你有想去的国家吗?"

司机说:"Freeland。"

我没听明白,看他的样子又不像被迫害的异端人士,就请他重复了一遍。

他又说了一次,接着说:"斯堪的纳维亚。"

哦,是 Finland。

我："为什么想去那里？"

他挠挠头，说："Snow, and……"

他皱起眉，露出了当晚最庄重的表情，思考着除雪之外的第二个理由。思考的结局是摇了摇头："我不知怎么说。"

我揣测那可能是个非常重要的理由，可能涉及了他的人格、命运。我想缓解沉重的气氛，就说："你儿子那么厉害，将来可以带你去的。"

他又害羞起来，说："五年，还是十年前，我忘了。我对我儿子说，you're my life, my pride, my joy。"

看我只是点点头，他意识到我没明白，补充道，"这是 ×× （后来知道是猫王）的歌——'My Boy'。"

说完后，他唱了起来："you're my life, my pride, my joy。"

我："那他说什么？"

司机："No comment。"

说完后，我们大笑起来。

他告诉我还有两千米，我点点头，说今天很开心，跟你聊天，比去夜店要开心很多。

他也点点头，说也很开心。

后来就到了，我上去拿了钱，说了再见。康桑密达。

回到房间想，这如果是我编的故事，那这个司机可能根本没有一个儿子，或者儿子在去年死掉了。

幸好这不是我编的故事。

青蛙又做错了什么

一

参加朋友的婚礼，家里信天主教，新房供着圣母像。新娘进门的第一件事，是跟全家人一起聚在圣母像前祷告。

我帮忙在圣母像两旁摆蜡烛，第一根一下立住，第二根滴了蜡油才立住。

他们开始祷告，经文内容不可辨，火苗乱动，祈祷时间比想象中要长，我忽然担心起来，那个没滴油的蜡烛会不会倒。

他们会不会觉得蜡烛倒了是个不祥的征兆？心里存下芥蒂，几年后的哪次争吵上，妈妈就说："我就知道这媳妇儿不行，当初蜡烛都倒了。"

那就是我的罪了。

于是赶紧跟着祈祷，圣父圣子圣灵，千万不要倒，千万不要倒。

主答应了我。

谢谢主。

二

机场里拉杆箱来来往往，一个中年妇女坐在地上大哭，拿着手机，几次想举到耳边都没有成功。不知道电话那边是什么世界，是无法面对，还是已被抛弃。

她已经过了安检，登机牌掉在腿旁，哭泣中手机屏幕熄灭，不知道她还要不要上飞机。

三

吃汉堡王，旁边两个五六十岁的美国大哥，其中一个穿着短袖短裤，一个跟我一样是冬装。短袖短裤一直在说话，吃汉堡大开大合，吃薯条不蘸番茄酱，在这个简短的美剧里，他演主角。好像是音乐行业的，在说自己这次来北京收获了什么快乐，遇到了几个傻×。说着说着猛灌一口可乐，吐出一句：I own my life。

我们两个穿冬装的，都点了点头。

四

第一次坐这种直播降落过程的飞机，头顶那些放安全通知和搞笑节目的伸缩屏幕在还有十分钟落地时一起变黑白。忽然觉得这些屏幕的站位很《枪火》。

画面是从机头看出去的样子，飞机正在往晚上十点的城市开，已经很近了，城市从小小的黑白屏里看着反而十分壮观，看不到建筑，就是黑色背景上一片一片的亮点。如果我身边有个足够天真的小孩儿，我应该可以说服他这其实是一艘飞船，此刻，我们不是在降落。

小朋友，你看，星辰大海。

五

在一个荒凉的串儿店坐到很晚，进来两个中年男人，看着像刚忙完工作。

坐下，点串儿，点酒，碰杯。一个男人对另一个男人说："生日快乐啊。"

说完大笑起来，过生日的男人也笑，举着杯，没说话。

那人继续说："哈哈哈，怎么了，过生日嘛，生日快乐！咱们也庆祝一下嘛，有啥的，哈哈哈，生日快乐！"

就这么说了好几遍。

那过生日的人在听第一遍的时候，应该是快乐的。

六

想到"酒池肉林"这个词和它细致的解释：池子里灌满酒，树林里挂满肉，以便和一堆裸女追逐打闹的纣王随时可以吃到。感觉跟那个笑话是一码事：两个农民猜测慈禧的生活，说肯定是用金锄头锄地，床头架着油锅，一醒来就能吃上现炸的油条。

现炸的油条当然还是比不上酒池肉林，毕竟是文化人编的，到底吃过见过。

七

在街上看到独行的老人，提着包，喘着粗气。想，幸好衰老是慢慢到来的。

给人适应的时间，是上天的仁慈。

然后每次适应一点儿，就又衰老一点儿。上天仁慈有限。

八

闲聊说起想去国外生活，觉得太难。三姨说，有个相熟的阿姨去日本已经十几年了，一个内蒙古的孩子，刚去的时候连日语都不会，白天打工，晚上上夜校，一点儿一点儿，十几年也就过下来了，做了高管，买了房子，拥有一种人生。

是个励志的故事，最励志的部分就是这其实根本不需要那么励志。

不需要热泪热血，不需要在温水中一跃而起，要的是一点儿一点儿的消耗。

"好好过日子"这种行为最励志，最可怕。

九

朋友说，人最后也只能做自己非做不可的那件事。

我说，嗯。

又说，可最后发现其实我适合做导盲犬怎么办？两人笑了一阵。

笑完想，万一真是这样，可怎么办。

十

说到"温水煮青蛙"，这个故事给我最大的感觉始终是，为什么要怪青蛙？

青蛙又做错了什么？

我们又做错了什么？

为使轻松成真

一

一个朋友说自己在看牡丹，很多很多牡丹，很美。

我想不出那样的场面，在画里见得次数太多，已经疑心牡丹是否真的存在。

二

在车里看路人，一个大哥，走着走着绊了一跤，第一反应不是看是什么绊了自己，是看四周有没有人看他。

他以为没人看他，继续轻松前进。

为使轻松成真，我也不再看他。

三

认识个新朋友，90 年的女孩，在创业，已经融资过亿，反复解释："我虽然是在互联网创业，我虽然是 90 后，我虽然是美女，但我真的不是骗子。"

聊了一会儿的共识是，没必要谈梦想情怀，更不需要学坏，好好做事，做好产品是一定可以成功的。

这样的道理居然还需要讨论。比起讨论来说，更像是彼此打气。

虽然我们都不是靠打气活着的人。

四

吃完饭我坚持结账，理由是，请亿万富翁吃饭对我来说是个好故事。

为使故事成真，她也没有反对。

五

还见了个朋友，也在火红行业——新媒体、电影。

聊了几乎一夜，前半夜他说了个道理我觉得很好："想把事儿做好，就得大材小用，可我们都做不到，所有人都在硬撑，都想往上够一点儿，也只能够着一点儿。"

做一辈子文案，不做创意总监；拍一辈子广告，不去拍电影；几辈人就做木匠，不去做房地产……

可是谁能忍住呢？

小说写得不好，我也还是想写。

亏我还总说自己欲望很低。不要脸。

六

后半夜聊得天旋地转。谈佛谈神，往深处去，隐秘经历，别后心情。

他说了一句话让人印象深刻："我很心疼爱因斯坦。"

爱因斯坦为了说出真理，有可能没有说出全部真理。

这话是臆想，但在彼时彼刻，我也很心疼他。

宇宙幽微，又有哪件事不是臆想？

七

抬头一片茫茫，想到，我们看星星，看到的不是星星，是自己视力的极限。

八

灾难被技术的发展推到眼前，仿佛一下否定了你正当、快乐生活的合法性。

见到身边、网上不少人出现这样的焦虑，或长或短。

其实无所谓，轻松一点儿，灾难与你正当、快乐的生活并没什么不同，都是无常。

哭就哭，笑就笑，感动就感动，问责就问责，能帮忙就帮帮忙。

生活无常继续。

九

轻松使人成真。

我并不尊重水、风、流星

一

下班的点，大型路口，绿灯，人流对冲，两拨儿无人喝彩的橄榄球运动员。

看见一个姑娘，长筒靴，短裙，一上一下，正好把膝盖露在外面，皱着眉头急走，情绪不高昂。

有可能是冻的，也有可能是一天都被人问"你这么穿冷不冷啊"气的。

二

一个中年人，举着手机，风衣敞着怀，在马路这边就听见他在骂人。

越骂声音越大，走路姿势也霸道起来，风衣真的带起了风。在周围人的安静中、侧目中，他可能体会到了男子气概。

也算是一种平凡生活的英雄梦想。

三

街上那些发传单、拉住你就开始推销的人，出了机场追着问你"打车吗打车吗"的人，最讨厌的还不是打扰你，而是强行把你变成了一个不礼貌的人。实在没有精力每次都跟他们说"谢谢不用了"。

想到他们本来也不期待被礼貌地对待，心里感觉不到任何安慰。

四

前阵子回广州喝了海马汤，第一次喝，用的还是很完整的海马干。海马啊，小时候都是在书上看到的：海马并不是雌雄同体，而是雄海马有育儿袋，小海马在里面孵化……说炖就炖了，感觉像吃了兵马俑、周树人、北回归线一样。

五

飞机上看一本很破的杂志上一个很破的报道，说某个地方有个地下水坝，工作需要一天都在里面，不见天日，噪声恼人。唯一的娱乐是休息室里的一台电视，有DVD，可以看碟。一个老员工对记者说，碟都看过好几遍了，看得最多的是部抗日剧，看了四遍吧，叫什么什么英雄。

看了四遍，也没记住名字。喜欢人生中这样的细节。人生中到处都是这样的细节。

六

一个人在网上直播自杀,也会有人来分析(甚至不避讳承认是要借鉴)这个事儿的传播机理,分享给三五同好,认证里都写着什么分析师、创业者、新媒体从业人员,说:"都看看,这是个有意思的课题。"

我觉得你这才是个有意思的课题。

七

从来没弄懂"尊重生命"这个词到底是什么意思,想说的是人道主义精神吗?是人要有悲悯之心吗?和"珍惜生命"可以混用吗?

一个人要自杀,就说你不能自杀,你要尊重生命。他死了,有人嘲笑,又有人说你不能嘲笑他,死都死了,你要尊重生命。嘲笑的人又说,我嘲笑他就是在尊重生命啊,我们都讽刺这个自杀的人,对社会是个良好示范。之前的人也急了,你不尊重生命,你去死。

想起电影《我是你爸爸》里那句台词(后因阴三儿的《老师你好》广为传播):"老师老师……我怎么觉得好像有三双眼睛望着敌人。"

八

我觉得"生命"是宇宙里一个中性的东西,就像水、风、流星一样。

我并不尊重水、风、流星。

九

中性的东西需要附加条件才能发生感情，比如一片很大很咸的水（社会上管这种东西叫海），我就能挺喜欢。

这片大水上吹过的风，我也喜欢。

在大水上行船，风不大不小，头发乱飞洒不洒，然后一抬头，看见流星——简直喜欢死了。

要是那流星下来正好把一个想研究"有意思的课题"的人砸死了，我可能才会尊重它吧。

十

那个人的生命，我就不太尊重。

十一

流星说，我这叫天行道，不用谁来替。

缓
一缓

诗。写得不好，就是爱写。

青年，交个朋友

想找个不喜欢猫的青年做朋友
爱不爱喝酒倒在其次
我已经没有那么狭隘了
但是，我戒酒的时候要记得劝我
我听劝

然后我们吃火锅
聊聊这些年是怎么过的

青年都很老
聊天要顺着他们

如果这位青年还会祈雨

那就完美了

完美你懂吗

我们去找一座多雨的城市

比如广州

而且雨季

然后，让他祈一场雨

没有人知道我们在笑什么

我们还不带伞

如果有人卖伞

我们就买

买三把

我一把

青年一把

还有一把

用来遮挡秘密

毕竟会祈雨的青年是不常见的

而且他还不喜欢猫

而且还会劝我不要戒酒

青年

我希望你会是个女青年

而为了我们的友谊

我还希望我会是个无情的人

如何成为一个无情的人

接着聊聊吧
关于我如何成为一个无情的人

不能再对天气发表看法
对天气敏感是懦弱的
除了农夫，和牧马的人

从此下雨打伞，刮风关窗
雪盖过脚踝时，去南方

不能再对司空见惯的事物
抱有柔情

比如，"人们挂旗子，是为了证明风的存在"

不
旗子大都是为了丑陋的目的
我是知道的
不能再假装自己不明事理了
不能再假装不明白你们在想什么了

友情
应比爱情更节制
拥有十个以上的朋友
他们就不是你的朋友
不能再因为自己的虚弱
而急于去求得别人的认同了

见到陌生人
要尽量沉默
独处时
则不能再说那么多话了

不能再独自饮酒
不能再反复提及，我独自饮酒

也不能再谈爱什么人了

如果我做不到

我就去爱更多人

尽管我知道我是真挚的

可我不再为此辩解

人们会说，那个多情的人

就是那个无情的人

如此说来，成为无情的人并不难

我要做的

只是坦然

天有不得不亮的理由

再互相憎恨的人

也得睡在同一个夜里

甚至同一张床上

甚至一起失眠

心里惦记着同样的事

感到同样可笑

也同样沉默

憎恨是沉默的一个理由

夜晚是第二个

如果一个人终究忍不住

说，算了吧

另一个就一定会问

真的吗

两句话脱离两张嘴

两个人同样后悔

于是继续互相憎恨

天有不得不亮的理由

听到咒语之时

听到咒语之时

我仍以为那不过是一个平常的下午

不过是一声街边犬吠

妇人不甘

或一个傻子在发表对世界局势的见解

但那是冲我来的

咒语

汗流出去又漫上来

躺在床上感到逼仄

打开窗情况也没有好转

四面白墙是个整体

中间本来就不该有空隙

我开门跑出去

逼仄

我看向路人，路人看我

我想办法从他们的瞳孔中挣脱

马路是阴谋

我沿着马路跑

觉得心有不甘

觉得此生无望

旷野也逼仄

海洋也逼仄

这是冲我来的诅咒

我在海面上坐下来

风停下来

我放弃抵抗时

天黑了下来

星空出来

我抬起头

亿万、光年、无人涉足之地

我心门打开

正待高歌之时

又听见了另一个咒语

海面向上，星光收缩

我猜

是有人想把我赶到宇宙之外

我不是局内人

说过了

我为人局促

躺在床上时总想就此沉下去

喝酒毕竟不是长久之计

我已有几位亲友因此丧命

我不便过多评价

只是像一个活人那样

出席葬礼

安慰另一些活人

节哀顺变

干了这杯

有朋友来问
你究竟喜欢什么
我说
我只想做一个不负责任的酒鬼
毕竟还是想做

可我没那么干
我逼着自己打起精神来
血液纯度已达献血标准

人能做出最懦弱的事
就是只对自己强硬

世界有它的规律
我不是局内人

我不喜欢春天

我不喜欢春天

但是要来就来吧

反正每年都会来的

我又能重新享受虚度的乐趣了

我又敢看着草和草原说

我是平静的了

整夜失眠

天花板后面是星空

星空后面是我想象力受辱的地方

但我不再为此焦虑了

星空对于一双眼睛和一张嘴来说

已经足够了

哪里都在起风

街上的人缩着脖子

没人告诉他们

这样并不能躲开风吗

真的不太好看

还全皱着眉头

风中的人都自以为坚毅

却都缩着脖子

我已四年没在此地度过春天

尽管大家都说

这里的春天根本不像样

无所谓了

反正我也不喜欢春天

而且我是平静的

我在街上走

不再怕碰上什么熟人

也就没有碰到

全城只剩一个修车的哑巴还认识我

他看见我时像重逢那样笑

他看见谁都这么笑

我不喜欢夏天

我不喜欢夏天

即使夏天就要过去了

我也还是不喜欢它

阳光和暴雨

谁来的时候都没和我商量一声

阳光自以为是也就算了

没想到雨也是

指望我什么呢

我已经让很多指望我的人伤心了

没有一面墙愿意让我用来思过

我也不喜欢夏天里的人

退化得太严重了

好多事儿都能让他们高兴

还主动想着办法高兴

几个人聚一聚、喊一喊

喝掉几桶啤酒

然后吐出来

握紧双手

然后松开

全是汗

还跑到海边、草原

拍几张照片

发一些感慨

全部曝光过度

照片和感慨都是

我也一样在退化

并且不是为了合群

就是控制不住地变得简陋

眼光一晃
就说了句爱你
还说了永远永远

等雨下来时
才觉得
人厌倦永远

说着是两个心情
其实也就是一两分钟的事
夏天的雨来得很快

去得也快

我知道了

如果

我叫人们试想"无"的样子

恐怕一半人会想到黑

另一半人会想到白

还有一个人会在思考中消失

所以他不能作数

虽然，他是对的

如果加一个条件

让人们去想想，虚无

那，一半人会想到灰
另一半人会想到雾

还有一个人会坐到地上
想起自己的一生

我会在他哭出来之前
体面地走开

再过分一点儿
再好好想想——没头没尾的虚无
一半人答不上来
另一半人也答不上来

还有一个人会看着我
看着我
看着我
直到我点头说
我知道了

在早年间

你爱的人成了疯子

面对他时

试图唤醒他时

你会比他更像疯子

我不愿说出的是

"面对""试图"

在我们还都不是疯子的时候

在早年间

就存在了

在最晚一班飞机上

六千条没有命运的鱼跃出海面

人形巨云趴在城市上空等着飘散

光穿过机舱忽略旅客的存在

我掌握了无用的能力

能判断哪颗星星更不幸

宇宙大爆炸的反义词是什么

我想不出

不懂科学有不懂科学的好处

在尽头我收回目光

云开始颠簸

我得到平静

这正是九月开始的方式

这是九月开始的方式

我不再喝啤酒

重新写情诗

起初

是你创造天地

你说

光是好的

我说

光是这样，就是好的

于是我们相爱

手心湿得像海

起初
你拉我一起看雨
大雨里百鬼夜行
我们混在其中
比鬼还高兴

后来
我拉你一起生活
过很多人的日子
写出来
很难写得浪漫

比如我昨晚喝了大酒
今天你熬了蟹粥
起初
我喝了两碗
后来
你告诉我
这正是九月开始的方式

只有一次

宇宙成为宇宙
只有一次

就像你爱上什么人
也只有一次
此后的膨胀
都是对这一次的补充

白天可能有很多
但夜晚绝对只有一次
每一个夜晚都是前一个夜晚的延续
没头没尾的黑暗中

忧愁只有一次

压抑只有一次

绝望也只有一次

可是

没头没尾

一杯酒只能干掉一次

一场雪只能融化一次

一个毒誓也只能背叛一次

一次出生

一次死亡

我成为我

只有这一次

我为此后悔

也只有这一次

可是

没头没尾

图书在版编目（CIP）数据

笑场 / 李诞著 .—长沙：湖南文艺出版社，2017.8
ISBN 978-7-5404-8182-7

Ⅰ . ①笑… Ⅱ . ①李… Ⅲ . ①中国文学—当代文学—作品综合集 Ⅳ . ① I217.2

中国版本图书馆 CIP 数据核字（2017）第 148186 号

上架建议：畅销·文学

XIAO CHANG
笑　场

作　　者：李　诞
出 版 人：曾赛丰
责任编辑：薛　健　刘诗哲
监　　制：蔡明菲　邢越超
特约策划：董晓磊
特约编辑：张思北
营销编辑：李　群　张锦涵　姚长杰
版式设计：李　洁
封面设计：SPEED Studio　侯霁轩 QQ：512647133
内文排版：百朗文化
出版发行：湖南文艺出版社
　　　　　（长沙市雨花区东二环一段 508 号　邮编：410014）
网　　址：www.hnwy.net
印　　刷：嘉业印刷（天津）有限公司
经　　销：新华书店
开　　本：880mm×1230mm　1/32
字　　数：236 千字
印　　张：10
版　　次：2017 年 8 月第 1 版
印　　次：2019 年 10 月第 5 次印刷
书　　号：ISBN 978-7-5404-8182-7
定　　价：36.00 元

质量监督电话：010-59096394
团购电话：010-59320018